십대를 위한 고전문학 사랑방

인물편

이 도서의 국립중앙도서관 출판시도서목록(CIP)은 e-CIP홈페이지(http://www.nl.go.kr/ecip)와
국가자료공동목록시스템(http://www.nl.go.kr/kolisnet)에서 이용하실 수 있습니다.(CIP제어번호 : CIP2015022400)

십대를 위한 고전문학 사랑방 - 인물편

초판 1쇄 발행 2015년 9월 3일
초판 2쇄 발행 2019년 4월 15일

지은이 박진형
펴낸이 윤미정

펴낸곳 푸른지식 출판등록 제2011-000056호 2010년 3월 10일
주소 서울특별시 마포구 월드컵북로 20(동교동) 삼호빌딩 303호
전화 02)312-2656 팩스 02)312-2654
이메일 dreams@greenknowledge.co.kr
블로그 greenknow.blog.me

ⓒ 박진형 2015
ISBN 978-89-98282-27-1 44810
     978-89-98282-26-4(세트)

십대를 위한
고전문학
사랑방

인물편

박진형 지음

푸른
지식

고전문학,
인물로 태어나다

"쌤! 책에서 〈홍계월전〉 너무 재미있게 읽었어요."

"아, 그래? 고맙다."

"저는요, 나중에 홍계월처럼 살 거예요."

"응? 어떻게?"

"계월이 보국을 꽉 잡고 살잖아요. 저도 결혼하면 남편을 쥐락 펴락할 거예요. 호호호."

『십대를 위한 고전문학 사랑방 – 사랑편』을 낸 후 '고전문학이 이렇게 재미있는 줄 몰랐다.'라는 이야기를 많이 들었습니다. 〈홍계월전〉을 읽고 계월처럼 살겠다는 여학생이 기억나네요. 그 해맑은

웃음을 잊지 못할 거 같아요. 또 2015학년도 수능 시험에 책에서 봤던 〈소대성전〉이 나와서 기뻤다는 학생도 있어요. 문제를 다 풀었다며 무척 좋아했던 게 떠오릅니다.

옛날 아이들은 〈콩쥐팥쥐전〉, 〈선녀와 나무꾼〉 같은 이야기를 들으며 자랐습니다. 아늑한 밤이 되면 아이는 할머니의 포근한 무릎에 기대지요. 늙은 할머니는 손자에게 삶의 지혜를 들려줍니다. 호롱불에 비친 그 모습은 무척 따스했을 거예요.

저 역시 고전문학을 가르치기보단 들려주고 싶었습니다. 옛이야기가 재미있고, 우리 삶과도 가깝다는 걸 보여주고자 했지요. 그래서 고전문학 속 '사랑' 다음으로 어떤 주제가 좋을지 고민했습니다. 그런 저에게 영감을 준 건 역시 아이들이었어요.

교실은 재미있는 아이들로 가득합니다. 공부해야 하는데 늘 시간이 부족하다는 아이가 있어요. 그 아이는 점심시간마다 밥과 반찬을 그대로 비벼 삼킵니다. 반대로 어떤 아이는 온종일 잠만 자다 가지요. 흘린 침이 아예 옹달샘이 될 지경이에요. 그 밖에도 쉬는 시간이면 거울 앞에서 떠나질 못하는 아이, 선풍기를 계속 쐬어 천식에 걸렸으니 조퇴시켜달라는 아이, 교실 와이파이라며 머리를 위로 묶고 돌아다니는 아이… 작은 교실이 이런데 드넓은 세상은 어떨까요? 정말이지 밤하늘의 별처럼 무수히 다양한 사람이 있을 거예요. 그래서

『십대를 위한 고전문학 사랑방』의 이번 주제는 인물입니다.

　　고전문학 속 인물을 얼마나 알고 있나요? 효녀 심청, 욕심쟁이 놀부가 전부 아니냐고요? 아니요, 절대 그렇지 않답니다. 세상에 별의별 사람이 있듯이, 문학에도 마찬가지예요. 자기 눈을 찌른 화가, 집안을 홀라당 말아먹은 악녀, 금송아지로 태어난 아이, 남녀를 바꿔 다시 태어나 복수한 아내 등 무척이나 다양하지요. 그 외에도 떠돌이 책 장수, 밉지만은 않은 사기꾼, 구박받는 사위, 네 번이나 결혼한 여인 등 여러 인물이 이 책에 나옵니다. 여기서 꼭 알아둘 게 있어요. 이들은 지금도 우리 곁에 살아 숨 쉬고 있답니다. 정말이라니까요. 얼른 보고 싶다고요? 자, 그럼 만나러 가볼까요?

　　　　　　　　　　　　　　　　　　　　　　　　　박 진 형

등장인물

고전문학 속 인물은 어떻게 지냈을까요? 막 하늘을 날아다니고,

도술을 부린 것 같다고요? 아, 죽었다가 귀신으로 태어나서

복수도 했고요? 다들 잘 얘기했어요. 여러분이 말한 것이 맞아요.

하지만 다 그렇진 않답니다. 보다 현실적인 경우가 훨씬 많거든요.

여기 나오는 인물만 해도 여성상인, 화가, 주부, 사기꾼, 여형사,

책 장수 등 무척이나 다양해요. 지금 시대에 살아있어도 전혀

어색하지 않지요. 그래서 더욱 재미있기도 하고요.

이 책에는 쌤과 세 명의 학생이 나옵니다. 붕이, 나정이, 동구

모두가 『십대를 위한 고전문학 사랑방 – 사랑편』에서 함께 한

친구들이에요. 이번에는 다들 옛이야기 속 사람들을 살펴보며

도란도란 이야기를 나눕니다. 자, 우리도 함께 들어볼까요?

쌤 이 시대의 전기수(傳奇叟, 책 읽어 주는 사람)를 꿈꾸는 국어 선생님. 문학을 통해 아이들과 진솔하게 이야기하는 것을 좋아한다.

붕이 통통한 외모에 졸린 듯한 작은 눈을 가진 곱슬머리 남학생. 생긴 것과 달리 재치가 뛰어나고 입담이 좋다.

나정 외모와 연애에 관심이 많은 여학생. 진정한 사랑을 꿈꾸는 발랄한 성격의 소유자. 상상력이 풍부하고 특유의 쾌활함으로 주변 분위기를 이끈다.

동구 굳게 다문 입과 강렬한 눈매로 항상 상대방을 바라보는 남학생. 과묵한 편이지만 지식이 풍부하고 생각이 깊다.

목차

원녀 얘들아, 여자에게 원한 살 짓은 절대 하지 말려무나

협객 사람이 사람다워야 사람이지, 안 그래?

백화산에 틀어박힌
조팔용 노인은
평생을 살면서
정승 판서를 부러워 않네.

그대에게 묻노라.
"어째서 그렇게 만족한가?"
"세 번 서리고 아홉 번 굽은
소나무가 있기 때문이오."

조수삼의 『추재기이(秋齋紀異)』에서

기인

세상이 나를 버린 게
아니라 내가 세상을
버린 거야

고수는 품속에
칼날을 숨기는 법이란다

〈각저소년전〉

쌤 이야, 정말 오랜만이에요. 여러분, 잘 지냈나요?

붕이 쌤! 잘 지내셨어요? 너무 보고 싶었어요.

쌤 붕이는 얼굴이 더 좋아진 것 같네요.

붕이 방학 내내 먹고 잤거든요. 헤헤.

나정 생긴 것도 곰 같은 게 하는 짓도 똑같네. 너 혹시 겨울잠 잤니?

붕이 킁, 애는 또 첫날부터 이러네.

쌤 나정이도 오랜만이네요. 잘 지냈나요?

나정 아잉. 쌤, 잘 지내셨지요? 나정이는 쌤이 무지무지 보고 싶었답니다.

동구 안녕하세요, 쌤. 더 젊어지신 것 같네요.

쌤 하하, 그런가요. 동구도 잘 지냈지요? 근데 방학 보내고 다시 본 건데 그새 젊어졌나요?

나정 어머, 얘는. 쌤은 원래 젊으신데 더 젊어졌다는 말은 안 어울려!

쌤 하하, 고마워요. 그리고 보니 둘이 아주 가까워 보이네요.

동구 넵, 감사합니다.

붕이 허, 좋을 때다.

쌤 자, 오늘부터 새롭게 살펴볼 주제는 고전문학 속 인물입니다. 인간은 호기심의 대상이자 모든 학문의 근본이지요. 우리는 고전문학을 통해 다양한 사람들을 만날 겁니다. 패륜, 무도한 악인부터 원한을 품은 여인까지 말이에요. 이들을 글 속에 갇힌 존재라고 생각하지 말길 바랍니다. 지금도 분명 여러분 곁에서 숨 쉬고 있으니까요.

나정 네, 옆에 악인 한 명 추가요. 호호.

붕이 켁.

쌤 성격이나 말, 행동 따위가 별난 사람을 기인奇人이라고 하는데요, 이들은 우리의 호기심을 자아내고 신기함을 느끼게 하지요. 때때로 그들은 우리에게 깨달음을 주기도 합니다. 첫 번째 주제는 기인입니다. 〈각저소년전〉이란 작품을 같이 볼까요?

동구 넵.

쌤 먼저 각저는 씨름입니다. 제목은 '씨름하는 소년'이란 뜻이지요. 자, 곽운이라는 사람이 있습니다. 그는 잠시도 가만히 있질

못해요. 돈 일만 냥을 들고 수십 미터 깊이의 연못을 건너뛰기도 하고, 괜히 다른 사람한테 시비를 걸기도 합니다. 자제할 줄 모르고 날뛰는 편이지요.

하루는 그가 흥미로운 광경을 봅니다. 건장한 체구의 중이 주막 문밖에 걸터앉아 주인에게 빚을 독촉하네요. 중은 성질이 무척 사나워 보입니다. 마침 마을에 소 한 마리가 미쳐 날뛰는데, 묶어놓은 줄이 끊어져 난리가 나지요. 그 소가 중을 향해 달려든 겁니다. 큰 사고가 나려는 순간, 태연히 앉아있던 중은 달려드는 소의 정수리를 주먹으로 내리칩니다. 그러자 소는 몸을 뒤집고 그 자리에서 죽어버리네요.

붕이 와, 갑자기 최배달이 생각나네.

나정 그게 누군데?

붕이 가라테의 달인 몰라? 황소를 맨손으로 잡았다는 전설 같은 분이야.

나정 아? 그래? 몰랐어.

쌤 자, 아무튼 힘이 장사인가 봅니다. 곽운도 깜짝 놀라 혀를 내두르지요. 마침 곁에 있던 사람이 말해줍니다. 소 일곱 마리로 옮기려 해도 꿈쩍 않던 돌을 저 중이 혼자 옮겼다고요. 그리고 그는 씨름을 좋아하는데 이 세상에 적수가 없다고 말이에요.

이렇게 힘센 중에게 마을 사람들은 굽신거릴 수밖에 없습니다. 마을의 거의 모든 사람이 그에게 빚을 진 상태였거든요.

붕이 흐음, 스님이 돈이 많나 보네.

쌤 자, 그런데 저쪽에 한 여인이 보입니다. 반쯤 드러난 얼굴만 보아도 상당한 미인이네요. 그녀는 소 위에 사뿐히 올라앉아 있고, 한 젊은이가 그 뒤를 따릅니다. 삐쩍 마른 젊은이는 옷과 신발의 무게조차 감당하지 못할 정도로 허약해 보였지요. 중은 첫눈에 여인에게 빠집니다. 그러고는 손짓으로 젊은이를 불러 여인이 누군지를 묻지요. 젊은이는 자기 아내라고 답합니다. 그러자 중이 말하지요.

"내가 산속 절간에서 늙었는지라 본 것이라고는 야생화와 들풀이 전부였다. 지금 자네의 아내를 보니 나의 혼을 녹이는구나. 내가 삼백 금을 자네에게 아끼지 않고 줄 터이니, 자네는 돌아가 다른 여자를 구하게나."

나정 어머, 완전 어이없네. 지금 남편한테 돈 주면서 아내를 팔라는 건가요?

붕이 그러게. 뭐 저런 중이 다 있지?

쌤 그래요. 상식적으로 말도 안 되는 요구이지요. 그러나 중은 힘이 셉니다. 모든 사람이 벌벌 떨 정도예요. 어찌 보면 이건 요구가 아닌 협박입니다. 돈 줄 테니 아내는 두고 꺼지라는 셈이지요. 중은 자신에게 빚을 진 사람들을 불러 모든 빚을 사흘 내에

17

다 갚으라고 호통칩니다. 그러고는 시냇가 남쪽 밭을 가리키며, 이 모든 게 다 자기 땅이니 이것도 젊은이에게 주겠다고 하지요.

붕이 뭔 중이 저리 부자래요? 스님은 원래 가난하지 않나.

동구 꼭 그렇지도 않은가 보지.

쌤 자, 그 상황에서 젊은이는 씁쓸한 미소만 지을 뿐입니다. 본인이 전혀 원치 않는 일을 당하게 된 셈이니까요. 젊은이는 말합니다. 결혼한 지 몇 달밖에 되지 않은 신혼인데, 마지막으로 손 한 번만이라도 잡아보고 이별하고 싶다고요.

중은 피식 웃으며 얼른 끝내라고 합니다. 젊은이는 크게 한숨을 쉬며 홀로 읊조리지요. 매일 밤 부부가 방에서 씨름하며 즐겁게 놀았는데 이젠 그럴 수가 없다고요.

그 말에 중은 귀가 쫑긋합니다. '응? 저놈이 방금 씨름이라고 했나? 정말 씨름이라고?' 자기가 제일 좋아하는 게 씨름이잖아요. 중은 씨름을 잘하느냐며, 자기와 한 판 해보지 않겠느냐고 묻지요. 젊은이는 대답합니다. 비록 잘하지는 못하지만, 씨름에 내기가 없으면 재미없으니 뭔가 걸고 하는 게 어떠냐고 말이지요.

붕이 아니, 중은 힘이 엄청 센데 이길 수가 있나요?

나정 야, 가만히 좀 있어봐. 그래서 어떻게 됐나요?

쌤 중이 무엇을 내기로 걸지 묻자 젊은이는 대답합니다.

"스님이 저를 이기면 저에게 한 푼도 주지 말고 제 처를 데려가면 되고, 제가 스님을 이기면 스님의 밭과 돈은 바라지도 않으니 제가 처와 함께 떠나게만 해주면 됩니다."

동구 흠.

쌤 젊은이의 말에 중은 피식 비웃습니다. 마치 고추잠자리가 돌기둥을 흔드는 격이 아니냐고 묻지요. 그래도 젊은이는 당당합니다. 스님은 단지 돌기둥이면 되지, 잠자리를 대신해서 걱정할 필요가 있느냐고 말이지요.

자, 내기가 성사되었습니다. 주막 앞에 있는 작은 언덕에서 씨름판이 벌어져요. 서로 웃옷을 벗고 허리띠를 잡습니다. 중은 껄껄 웃습니다. 이건 뭐 수레에 달라붙은 사마귀 같은 꼴이니까요.

자, 그러나 미래의 일은 아무도 예측할 수 없나 봅니다. 상상하지 못했던 광경이 눈앞에 벌어지지요. 잠깐 볼까요?

젊은이가 갑자기 기합을 넣더니 별안간 중을 곧추들어 자기 왼쪽 어깨 위에다 걸쳤다. 중이 두 손으로 허공을 허우적대고 두 다리로 허공을 바둥거리니, 마치 헤엄치는 이가 파도 속을 이리저리 헤엄치는 것과 같았다. (…) 젊은이가 한 어깨는 높이고 한 어깨는 낮추며, 왼손은 쟁반에 물을 담는 듯하고 오른손은 칼집에서 칼을 뽑는 듯하

더니, 갑자기 자기 허리를 굽혀 마침내 못된 중을 똥구덩이에다 던
져버렸다. (…) 별이 하늘에서 떨어지고 물이 물병에서 쏟아지듯, 그
수는 막을 수가 없었다.

동구 와.

붕이 허걱, 대박이네.

20

쌤 자, 놀라운 일이지요. 젊은이가 공중으로 던져버린 중은 구더 기가 우글거리는 똥구덩이에 빠져 그 속에서 열반涅槃합니다.

붕이 열반이 뭐에요?

동구 죽었다는 소리야.

붕이 켁, 똥 속에 빠져 죽다니.

쌤 그래요. 이 모습을 지켜본 마을 사람들이 수천 명이나 되었습 니다. 그들은 중이 죽은 것을 통쾌하게 여기며, 젊은이를 아주 기특해 했지요. 사람들이 이름과 나이를 물어도 젊은이는 자세 히 대답하지 않습니다. 성은 이 씨이고, 나이는 열여섯이라고 만 하며 웃지요. 젊은이는 중이 가지고 있던 빚 문서를 가져와 모두 불태워버립니다. 그러고는 아내를 소에 태우고 조용히 마 을을 떠나지요.

아까 처음에 곽운이란 사람이 이 모습을 지켜봤다고 했지요? 그는 젊은이가 유유히 떠나는 뒷모습을 보니, 두 다리가 후들 거리고 간담이 서늘합니다. 지금까지 아무것도 거리낄 것 없이 오만하게 다녔던 그는 이 일을 계기로 완전히 바뀝니다. 늘 조 심하고 남과 겨루지 않으려는, 신중한 태도로 말이지요. 작품 은 이렇게 끝납니다.

나정 와, 젊은이가 멋져요. 아내를 돈으로 사려고 했던 중을 똥통에 처박고, 아내를 소에 태운 후 석양 너머로 유유히 사라지는….

붕이 석양은 없는데?

21

나정 야, 넌 문학적 상상력도 없니? 없어도 생각은 해볼 수 있잖아.

쌤 하하, 좋습니다. 자, 이 작품에서 중은 우리의 상식을 벗어납니다. 욕심을 버리고 부처의 말씀을 실천해야 할 종교인이 오히려 색色에 빠져 남의 아내를 돈으로 매수하려 했으니까요. 그러나 그 상황에서 마을 사람들은 꼼짝할 수 없었습니다. 중의 성질이 포악하고 힘이 센 데다 다들 빚까지 졌기 때문이지요. 그렇기에 그의 악행에 제동을 걸 만한 사람이 아무도 없었던 것입니다. 그럼 여기서 여러분 생각을 들어보고 싶네요. 젊은이는 어떤 면에서 기인이라고 볼 수 있을까요?

동구 음, 일단 똑똑해요. 중이 좋아하는 씨름을 통해 내기를 이끌어냈잖아요. 적이 좋아하는 게 뭔지를 미리 알았던 것 같아요.

나정 저는 강하지만, 강하지 않은 척한 것이라고 봐요. 상대를 방심하게 했다가 결정적일 때 한 방 먹였잖아요. 가냘픈 외모와 달리 당당하고 여유를 잃지 않는 태도도 멋져요.

붕이 예쁜 아내가 있습니다. 그는 진정한 기인이에요, 기인.

나정 어휴, 재미없거든?

쌤 하하, 좋습니다. 여러분이 말한 그대로입니다. 쌤이 하나 덧붙이자면 젊은이는 악인을 벌한 후 빚 문서를 모두 태워버림으로써 고통에 빠진 사람들을 구제하지요. 그 어떤 대가도 없이 말이에요. 그렇기에 그의 행동이 더욱 가치 있지 않을까 합니다. 그리고 하나 더 생각할 게 있습니다. 이 모든 과정을 지켜본 곽

운의 변화이죠. 곽운은 늘 자신이 최고라고 생각했지만 중은 더 셌고, 씨름 소년은 더더욱 센 상대였어요. 겁 없고 오만했던 곽운은 이 사건을 계기로 완전히 바뀝니다. 늘 조심하며 신중하게 살지요. 그러고 보면 사람이 무엇을 보고 겪느냐가 아주 중요한 것 같아요. 만약 이걸 보지 못했다면 곽운은 영원히 바뀌지 못했을 수도 있었으니까요. 자, 오늘 살펴본 기인은 씨름 소년이었습니다. 다음 시간에 다시 만나지요.

붕이 감사합니다.

쌤의 한마디

우리는 눈에 보이는 것으로 사람을 판단해버리곤 합니다. 외모만 봤을 때 씨름 소년은 바람에 날아갈 듯한 연약한 존재였지요. 씨름 내기를 받아들일 때만 해도 중이 비웃었으니까요. 그러나 그는 악인을 벌할 초인적인 능력이 있었습니다. 우리 역시 겉모습으로만 사람의 모든 걸 판단하지 않는지 생각해볼 필요가 있네요. 진정한 능력은 겉이 아니라 속에 있으니까요.

〈각저소년전〉,
문학으로 당대 민중의 욕망 읽기

〈각저소년전〉은 조선 후기의 문인 변종운(1790~1866)이 지은 작품으로 『소재집』에 수록되어있습니다. 연약해 보이는 소년이 씨름 내기를 통해 힘센 악승惡僧을 물리친다는 내용이지요.

소설에서 내기를 통해 이야기를 전개하는 걸 '내기담'이라고 합니다. 〈각저소년전〉에서도 씨름 내기를 중심으로 내용이 펼쳐지지요. 내기란 원래 욕망을 바탕으로 성립합니다. 상대방으로부터 무언가를 얻어내기 위한 욕망 말이에요. 그런 면에서 중의 욕망은 표면에 드러납니다. 그는 소년의 아름다운 부인을 탐했으니까요.

그렇다면 소년의 욕망은 무엇이었을까요? 그는 중을 똥통에 빠뜨린 후 빚 문서를 태우고 유유히 사라집니다. 마을 사람들이 이를 통쾌하게 여겼다고 나오지요. 이 부분이 중요합니다. 소년의 욕망은 바로 중이라는 지배층, 다시 말해 폭력과 수탈을 일삼는 지배층의 몰락과 백성의 해방을 의미합니다. 그리고 이것은 당시 민중의 욕망이기도 했지요. 결국, 소년은 민중의 바람을 실현한 기인이라고 볼 수 있습니다. 문학은 시대적 요구를 반영하니까요.

어쩌면 이런 씨름 소년을 바라는 마음은 현재 우리에게도 남아

있지 않을까요? 고통받는 사람들을 자유롭고 행복하게 해줄 누군가의 등장을 말이에요.

참고로 『소재집』에는 무척이나 흥미로운 작품들이 실려있습니다. 〈청계혜원선사전〉은 불교의 지옥을 유교 시각으로 해석하여 그 실재를 부정하는 혜원선사의 기행奇行을 그린 것이고, 〈풍수설증주진사〉는 풍수지리설의 허황함을 변론한 글이지요. 〈유담전〉은 아전, 장사꾼, 농사꾼 등의 생활을 거쳐 끝내는 군자가 된 유담의 일생을 보여주고 있습니다. 다양한 이야기를 통해 옛사람들의 삶을 생각하는 시간을 가져보는 건 어떨까요?

책은 내 운명,
나는야 떠도는 책팔이라네

〈육서조생전〉

나정 어머, 무슨 책을 그렇게 열심히 봐?

동구 아, 사마천이 쓴 『사기史記』 열전편을 읽고 있어. 도서관에서 빌려온 건데 수행평가로 써야 해서.

나정 뭔가 되게 어려운 책 같네.

동구 아니야. 꽤 재미있어. 별의별 사람이 다 나와. 지금 복수의 화신 오자서 부분을 읽고 있어.

쌤 동구가 아주 좋은 책을 읽고 있군요. 보기 좋습니다.

동구 아, 쌤. 오셨어요?

나정 안녕하세요, 쌤. 오늘은 붕이랑 같이 오셨네요.

붕이 근데 둘이 딱 붙어서 뭘 그리 속닥거려? 신성한 교실에서 연애

26

질이라니…. 가만두지 않겠다. 으르렁.

나정 헐, 너한테 그런 말 들으니까 어이가 없네요.

쌤 하하, 동구가 읽는 부분은 전(傳)이라고 볼 수 있습니다. 한 인물의 일생을 서술하고 마지막에 작가가 평가하는 글이지요. 여기에는 다채롭고 개성 있는 인물들이 나옵니다. 저번 시간에 배웠던 〈각저소년전〉이나 오늘 배울 〈육서조생전〉 역시 전에 해당합니다.

붕이 아항, 그렇군요. 그럼 나중에 '붕이전'도 나오겠네요. 제가 유명해지면.

나정 푸하하하, '붕이전' 하니까 왠지 먹을 게 떠오른다. 해물파전, 부추파전 같아.

붕이 야, '나정전'은 더 웃기거든? 나 정전됐어! 크크크크.

동구 흐흐흐.

나정 헐, 근데 넌 왜 웃어? 넌 내 편 아니야?

쌤 하하, 붕이가 재치 있네요. 자, 오늘 배울 작품을 보지요. 주인공은 조생입니다. 그가 어떤 사람인지는 아무도 모릅니다. 다만 책 장수를 하면서 아침부터 저녁까지 이곳저곳을 다니지요. 시장부터 골목, 서당, 관청까지 그의 발길이 미치지 않는 곳이 없어요. 또 위로는 대부(大夫, 조선 시대 정일품에서 종사품까지의 높은 벼슬)부터 밑으로는 『소학(小學)』을 읽는 어린아이까지 만나지 않는 사람이 없었지요.

붕이 요즘으로 치면 외판원과 비슷한 것 같네요.

27

쌤 그렇지요. 요즘엔 책 팔러 다니는 외판원은 거의 보이지 않지만 요. 조생은 늘 가슴 한가득 책을 담고 다닙니다. 그리고 책을 팔아 남은 돈으로 술집에 가서 취하도록 마시고는 날이 저물면 집으로 돌아가지요. 그러나 아무도 그가 어디 사는지 알지 못합니다. 밥 먹는 것을 본 적도 없고요. 게다가 그의 옷은 일 년 내내 똑같습니다. 허름한 베옷 한 벌에 짚신 한 켤레가 다였지요.

나정 되게 희한한 사람이네요. 밥은 안 먹고 술만 마시나?

쌤 영조 신묘년(1771년) 때였습니다. 청나라에 주린이란 사람이 『명기집략』이란 책을 썼는데요, 여기에는 인조반정을 부정하고 광해군을 옹호하는 내용이 담겨있었지요. 당시에 이 책은 커다란 사회적 파장을 몰고 왔습니다. 조선은 즉시 중국에 잘못된 것을 바로잡도록 요구하는 한편, 그 책의 수집·유통을 엄금했지요. 책은 보이는 대로 불태워졌습니다. 이때 책을 팔았던 많은 책 상인이 죽임을 당하거나 노비가 되었지요.

붕이 흐미, 책 쓴 놈이 잘못이지 책 장수가 뭘 잘못했다고.

쌤 조생은 이 일을 예측했던 걸까요? 그는 멀리 달아났다가 한 해가 지나자 다시 나타나 책을 팝니다. 사람들이 궁금해서 여러 질문을 하지만, 그의 답변은 상식을 벗어나 독특하지요. 쌤이 Q&A식으로 꾸며 봤어요. 한번 볼까요?

Q. 도대체 그동안 어디 있었소?

A. 지금 내가 여기 있지 않소! 내 어디로 달아났단 말이오?

Q. 그대는 나이가 몇이오?

A. 잊었소.

Q. 솔직히 말해보오. 정말 나이가 몇이오?

A. 서른다섯이오.

Q. 아니, 작년에도 서른다섯이라더니 올해도 서른다섯이오?

A. 허허, 사람 나이 서른다섯이 좋은 때라고 하기에, 서른다섯으로 내 나이를 마칠까 싶어서 나이를 더하지 않았거든.

Q. 괴롭게 다니며 책을 팔아서 무엇하오?

A. 책을 팔아서 술을 마시지.

Q. 책들이 다 당신 것이오? 책에 담긴 뜻은 이해하오?

A. 난 글 뜻은 모르지만, 어떤 책은 누가 지었으며 누가 주석을 내었고 몇 권인지는 훤히 안다오. 그러니 천하의 책은 다 내 것이지요. 천하에 책을 아는 사람도 나만 한 사람이 없을 것이오. 만약 천하에 책이 없어진다면 나는 책을 팔러 다니지 않을 것이오. 또 천하의 사람들이 책을 사지 않는다면 나는 날마다 마시고 취할 것이오. 이는 하늘이 천하의 책으로써 나에게 명한 셈이니, 나는 내 인생을 천하의 책으로 마칠까 하오.

옛날 모씨의 할아버지와 아버지가 책을 사들이고 몸도 출세하고 이름을 날리더니, 이제 그 자손이 책을 팔아먹고 집이 가난해진 것을 보기까지 하오. 나는 지금까지 책으로 많은 사람을 경험했지요. (…) 내 어

찌 다만 천하의 책을 파는 것에 그치겠소. 장차 천하의 인간사도 자연스럽게 통할 수 있을 것이라오.

붕이 헤헤, 이분 재미있네요. 영원히 서른다섯에 머무르는 나이라니요.

나정 음, 인생을 천하의 책으로 마친다니까 왠지 결연한 의지가 느껴져요. 책에 대한 자부심도 강한 것 같고요.

동구 전 마지막 부분이 가장 와 닿아요. 할아버지와 아버지는 책을 사서 세상에 이름을 날리고, 아들은 책을 팔아먹고 가난하게

30

되었다는 부분이요. 요즘 책을 읽지 않는 사람들에게 꼭 들려 주고 싶은 말이네요.

쌤 각자 생각이 다양하군요. 좋습니다. 참고로 쌤은 마지막 줄에 있는 "장차 천하의 인간사도 자연스럽게 통할 수 있다."라는 말이 인상적입니다.

혹시 '괄목상대刮目相對'라는 한자 성어를 아나요? '눈을 비비고 상대를 대한다.'라는 말인데요, 중국 삼국 시대에 오나라 군주 손권이 그의 장수 여몽을 나무랍니다. 무술에는 능하지만, 학문에는 소홀하다고요. 그 말을 듣고 여몽은 책을 읽으며 학문에 몰두하지요. 그리고 얼마 후 노숙이란 신하가 찾아와서는 전과 달라진 여몽의 높은 식견에 놀라워합니다. 그러자 여몽이 말하지요. "선비가 사흘을 떨어져있다 다시 대할 때는 눈을 비비고 대하여야 합니다."라고요.

책은 사람을 바꿉니다. 세상을 바라보는 안목을 높여주고, 이 세상이 돌아가는 원리를 일깨워주지요. 즉, 천하의 이치를 꿰뚫어 볼 통찰력을 키워주는 셈이지요. 조생이 말한 것처럼요.

동구 공감합니다.

쌤 작품의 마지막에는 작가 조수삼이 조생을 평가한 부분이 나옵니다. 작가가 여덟 살 때, 아버지는 그에게 『팔가문』(당·송나라의 문인 여덟 명의 글을 모아놓은 책)을 사서 주셨는데요, 그때 마흔 살 정도로 보였던 조생이 사십 년이 지난 지금도 전혀 늙지 않고 그대로인 것 같다고 말합니다. 자신은 나이가 들어 머리털이 희끗희끗해지고 허리도 굽었는데, 조생은 불그레한 뺨에 검은 수염이 그대로라고요. 놀라운 일이지요. 한번은 조생에게 물어봅니다. 왜 밥을 먹지 않는지요. 그러자 조생이 답하지요.

"불결한 것이 싫어서…."

그리고 덧붙여 말합니다.

"사람들은 목숨을 늘이고 싶어 하나 약물로 되는 것이 아닐세. 효도 하며 우애하는 것을 두텁게 하고 그것을 행하는 것이 양기陽氣를 돋 우는 덕이라네. 자네, 나를 위해서 세상 사람들이 나에게 귀찮게 묻 지 않도록 좀 깨우쳐주시게."

붕이 아니, 밥이 불결한 것이라니요!

나정 야, 저분의 고귀한 관점을 너의 미천한 관점으로 판단하지 말 라고.

동구 정말 밥을 안 먹는다기보다는 밥보다 중요한 가치가 있다는 걸 알려주는 게 아닐까?

쌤 그래요. 좀 더 구체적으로 이야기해볼래요?

동구 음, 요즘에 장수 식품이다 뭐다 해서 사람들이 몸에 좋다는 걸 잔뜩 먹잖아요. 인삼이나 녹용 같은 거요. 그런데 주인공은 효도나 우애 같은 기본적인 도리를 지키는 게 좋은 기를 북돋고 몸에 이롭다고 하네요. 결국, 가장 중요한 것은 입으로 들어가는 게 아니라 마음에서 나오는 것이라고 봅니다.

쌤 이야, 대단하네요. 동구가 요즘 책을 계속 읽더니 괄목상대하 네요.

동구 헤헤, 감사합니다.

나정 어쩜, 멋져.

쌤 오늘 배운 작품은 책 장수 조생의 이야기였습니다. 그는 비록 남루한 옷차림으로 일 년 내내 다녔지만, 의연함을 잃지 않고 마음이 넓었지요. 그의 말이나 행동에서는 세상 이치에 통달한 모습까지 느껴집니다. 그래서 작가는 그를 조신선神仙이라고 부르지요.

붕이 정말 신선의 포스가 느껴져요. 먹지도 않고, 늙지도 않는 사람 이라니.

쌤 하하, 그런가요? 다음 시간에는 화가 최칠칠의 이야기입니다. 이분 역시 대단한 분이지요. 다음 시간에 만나지요.

동구 감사합니다.

쌤의 한마디

조생은 책 장수입니다. 그러나 단순히 책만 파는 사람이라고 여겨선 안 됩니다. 장사란 원래 물건의 가치를 알고 식견과 전문성을 갖추어야만 제대로 할 수 있으니까요. 그는 책을 통해 인간의 흥망과 세상의 흐름을 파악할 수 있습니다. 그리고 장차 자신과 같은 책 장수들에게 어떤 불행 이 닥칠지를 예견하여 미리 피하는 현명함까지 갖추었지요. 천하를 읽 는 안목을 지닌 그 역시 진정한 기인 아닐까요?

〈육서조생전〉,
떠돌이 책팔이에 대한 따뜻한 시선과 기록들

이 작품은 조선 시대 조수삼(1762~1849)이 지은 『추재기이』에 실려 있습니다. 조생이라는 책 장수를 소개하며 작가의 생각을 밝히고 있지요. 참고로 조생의 일대기를 다룬 또 다른 작가로는 정약용과 조희룡이 있습니다.

조생은 신기한 인물입니다. 그가 몇 살인지, 어디 살고 무엇을 먹는지 아무도 모릅니다. 그는 다만 책을 판 돈으로 술만 마실 뿐이지요. 그러나 천하를 바라보는 현명한 눈을 지니고 있습니다. 글자는 못 읽어도 책의 가치는 누구보다 잘 알지요.

"하늘이 천하의 책으로써 나에게 명한 셈이니, 나는 내 인생을 천하의 책으로 마칠까 하오."

소명 의식이란 말이 있습니다. 소명이란 '부름을 받다'라는 의미로, 소명 의식은 일을 단순한 돈벌이가 아닌 삶의 목적 자체로 여기는 생각이지요. 조생은 한갓 책 장수에 불과합니다. 권력도 부도 명예도 그의 삶과는 거리가 멀었지요. 그렇기에 세상은 그를 알아주지 않았습니다.

그러나 그는 자신이 하는 일을 하늘이 명한 일이라고 합니다. 그리고 죽을 때까지 책을 지고 다니며 살겠다고 하지요. 비장한 결의마저 느껴집니다. 그렇기에 아무도 그를 무시할 수 없습니다. 적어도 그는 자신이 무엇을 해야 하는지를 정확하게 알기 때문이지요.

참고로 작가 조수삼은 그의 나이 여든세 살이 되어서야 진사시에 합격합니다. 당시의 평균수명을 고려했을 때 요즘으로 치면 백 살이 훌쩍 넘은 할아버지가 시험에 합격한 셈이지요. 그는 양반이 아닌 중인 계층이었기에 평생토록 신분의 한계를 느끼며 살았습니다. 그렇기에 자신과 신분이 비슷하거나 그보다 낮은 이를 긍정적인 시선으로 바라보았지요. 그가 남긴 『추재기이』에 주류에서 벗어난 다양한 하층민이 등장하는 것도 이해됩니다.

나는 세상과 타협하지 않고자
내 눈을 찔렀다오

〈최칠칠전〉

쌤 잘 지냈나요? 와, 이건 무슨 그림인가요?

나정 아, 안녕하세요. 쌤, 이건 제가 미술 시간에 그린 풍경화예요. 제목은 〈달도 잠든 깊은 밤의 무도회〉지요.

쌤 대단하네요. 이건 달빛 아래 핀 복숭아꽃인가요? 바람에 흩날리는 하얀 꽃잎이 은하수가 흐르는 것처럼 아름답네요.

붕이 이야, 진짜 대박. 너 한그림 한다.

나정 근데 넌 뭘 그린 거야? 왠지 낙서 같은데?

붕이 아, 나는 액션페인팅 기법을 썼지. 잭슨 폴록 몰라? 종이에다 물감을 막 흘리잖아.

나정 아아…. 그래서 네가 수업 시간마다 책상에 침을 흘려댔구나.

동구 크크크.

쌤 하하, 자, 이제 수업에 들어가지요. 오늘 배울 작품은 〈최칠칠
전〉입니다.

나정 호호, 이름이 웃겨요. 칠칠이라니요. 칠칠맞지 못하다는 뜻인
가요?

쌤 네, 맞아요.

나정 앗, 정말이요?

쌤 그의 본래 이름은 '최북崔北'입니다. '칠칠'은 그의 자字이지요. 자
란 본이름 외에 부르는 이름인데요, 예전에는 이름을 소중히 여
겨 함부로 부르지 않는 관습이 있었어요. 그래서 이름 대신 자
를 부르곤 했답니다.

그는 '북北'이라는 글자를 반으로 쪼개서 '칠칠七七'이란 이름을
짓습니다. 여기에는 칠칠맞지 못하다는 의미가 담겨있지요. 또
그의 호(號, 본명이나 자 이외에 쓰는 이름)는 '호생관毫生館'인데요.
붓毫 하나로 먹고산다生는 뜻이지요.

동구 이름부터가 개성 넘치네요.

쌤 그래요. 그는 조선 영·정조 시대의 화가였습니다. 산수화에 아
주 능해서 '최산수'라는 별명이 있을 정도였지요. 그가 장난삼아
그린 것도 보통 화가들의 실력을 훨씬 뛰어넘을 정도였답니다.
조선 시대에 화가는 그리 대우받는 직업이 아닙니다. 사회적으
로도 기예를 문무보다 천시했거든요. 관직에 나가기도 쉽지 않

았지요. 그래서 보통은 그림을 팔아 근근이 생계를 유지하거나 권력자로부터 인정받아 금전적 후원을 받으며 생활하는 게 일반적이었어요. 그러나 최북은 인정받길 거부합니다. 하루는 한 세도가가 붓 솜씨를 트집 잡네요. 그러자 그는 성질을 내며 자기 손으로 한쪽 눈을 찔러버리지요.

나정 꺅.

붕이 허, 그래도 상대방의 눈을 찌르지 않은 게 다행이네요.

나정 야, 넌 상상하는 게 참 이상한 거 알지? 어쩜.

붕이 아, 그냥 그렇다고.

쌤 〈최칠칠전〉은 최북의 기이한 행동을 그리고 있습니다. 그는 술 마시기를 좋아해서 하루에 대여섯 되씩 마셨다네요. 참고로 한 되는 1.8리터랍니다. 페트병이 1.5리터니 감이 오나요?

붕이 음…. 그럼 여섯 되면 10.8리터고, 소주가 한 병이 360밀리리터니까 계산하면 딱 30병 나오네요. 에이, 뻥이다, 뻥. 어떻게 하루에 소주 30병을 마셔요?

나정 헐, 난 네가 그렇게 잘 아는 게 더 신기한데? 너 어쩜 그렇게 잘 아니?

붕이 내가 원래 이런 방면으론 도사지. 헤헤.

나정 아아, 그러셔.

쌤 하루는 최북이 금강산 구룡폭포를 구경하러 갑니다. 술에 잔뜩 취한 그는 울고 웃다가 이윽고 하늘을 향해 큰 소리로 부르짖지요.

"천하의 명인 최북은 마땅히 천하의 명산에서 죽으리라!"

그러고는 그대로 폭포 아래로 뛰어들었지요.

동구 음, 보통 사람의 정신 상태가 아니군요.

쌤 다행히 곁에 구해준 사람이 있어서 빠져 죽지는 않았습니다. 겨우겨우 부축을 받으며 산 아래로 내려오다가 바위에 이르러 잠시 눕지요. 잠시 후 그는 벌떡 일어나 휘파람을 불며 내려옵니다. 그 소리가 숲을 진동하며 메아리치지요.

붕이 이럴 때 우리끼리 쓰는 표현이 있지요. '벙진다.'

쌤 하하, 그래요. 말과 행동이 정말 황당하지요. 우리같이 평범한 사람은 이해하기 어려울 정도예요.
한번은 어떤 사람이 산수화를 그려달라고 부탁합니다. 최북은 종이에 산만 쓱쓱 그렸지요. 물은 온데간데없습니다. 그림을 그려달라고 한 이가 괴이하게 여기자 최북은 붓을 놓으며 일어나 말하지요.

"아, 종이 밖이 모두 물 아니오!"

또, 자신이 그린 그림이 본인 마음에 드는데도 상대가 돈을 적

게 주면, 최북은 성질을 내고 욕하면서 그림을 찢어버립니다. 반대로 그림이 마음에 들지 않는데도 값을 지나치게 쳐주면, 상대방에게 주먹질하며 문밖으로 쫓아내지요. 그림값도 모르는 녀석이라면서요.

동구 와, 진짜 기인 중의 기인이네요.

나정 쌤, 이분 정말 실존 인물 맞아요?

쌤 물론이에요. 〈공산무인도〉, 〈단구승유도〉, 〈추경산수도〉 등 그가 그린 빼어난 산수화들이 지금까지 남아있어요. 나중에 꼭 한 번 보길 바랍니다.

그의 괴팍한 행동은 상대를 가리지 않습니다. 설령 왕족이라 해도 말이지요. 하루는 서평군과 백금을 걸고 바둑을 두었습니다. 최북이 이기려 하자 서평군이 한 수 물러달라고 하지요. 상대는 왕족인 데다 예술인을 적극적으로 후원하는 당대의 실력자입니다. 여러분은 어떻게 할래요?

붕이 아, 예이. 상감마마, 대신 제 그림 두어 점만 더 사주실 수 있을는지…?

나정 어휴, 상감마마 같은 소리 한다.

동구 그래도 자기보다 한참 높은 사람인데 안 된다고 하긴 어렵지 않을까요?

쌤 여러분 잊었나요? 최북은 말보다는 행동입니다. 그는 바둑판을 뒤엎어버리고는 자리를 박차고 그대로 나왔지요.

나정 와, 대박.

쌤 다른 일도 있습니다. 한번은 그가 세도가의 집에 갔는데 문지기가 최북의 이름을 그대로 부르기 곤란해 최 직장이 왔다고 아룁니다. 여기서 직장直長은 종칠품의 벼슬인데요, 그러자 최북은 확 열이 받습니다. 볼까요?

"어째서 정승이라 하지 않고 직장이라 하느냐?"

동구 왜 하필 칠급밖에 안 되는 하급 벼슬을 갖다 붙였느냐는 건가요?

쌤 그렇습니다. 문지기가 묻지요. 언제 정승을 지냈느냐고요. 그러자 최북이 답합니다.

"그러면 내가 언제 직장을 지냈더냐? 기왕에 나를 높여 불러주려 했으면 정승이라 하지 어째서 직장이라 하느냐?"

그는 하인에게 면박을 주고는 주인을 만나보지도 않고 돌아가 버리지요.

붕이 하인도 황당하겠다. 뭐 이런 사람이 다 있나 했겠네.

쌤 그렇겠지요. 자, 〈최칠칠전〉의 작가인 남공철은 실제로 최북을 만났던 일을 작품 끝 부분에 서술합니다. 최북은 먹물로 대나무 몇 폭을 그리면서 그에게 말하지요.

"나라에서 수군 몇 만을 두어 장차 왜(倭)에 대비한다 하는데, 왜는 본디 수전에 익숙하나 우리는 그렇지 못합니다. 왜가 싸움을 걸더라도 우리가 응하지 않는다면 저들 스스로 물에 빠져 죽을 것인데, 어째서 삼남(충청도, 경상도, 전라도)의 백성을 소란스럽게 하는 것입니까?"

그의 말을 듣고 남공철은 생각합니다. 세상 사람들은 그를 주정뱅이나 화가, 혹은 미치광이라고 생각하는데 사실 그의 말에는 때로 묘한 깨달음이나 현실에 쓸 만한 가르침도 있다고 말이지요.

최북은 생애를 마칠 때도 특이했습니다. 열흘을 내리 굶다가 그림 한 점 팔아 그 돈으로 술을 사 마시지요. 그러고는 겨울밤에 눈 속에서 얼어 죽습니다. 이때가 1760년, 그의 나이 마흔아홉 살이었습니다. 어쩌면 최북은 마흔아홉 살에 죽을 것을 알고 자를 칠칠(7×7=49)로 정했을지도 모르겠네요.

나정 아, 그래도 저렇게 세상을 뜨다니 안타깝네요.

동구 그러게. 불쌍하네.

쌤 예술가들은 자의식이 강하지요. 자존심도 센 편이고요. 그들은 자기만의 세계를 구축해놓고 그곳에 모든 정열을 쏟아붓기에 문외한 입장에서는 이해하기 어려울 겁니다. 거의 불가능할 정도지요.

〈최칠칠전〉에서는 현실과 타협하지 않고, 그 어디에도 굽힐 줄 모르는 화가 최북을 살펴보았습니다. 그의 그림은 국립중앙박물관에 많이 있으니 요즘처럼 화사한 날에 나들이 삼아 다녀오는 것도 좋을 것 같네요. 오늘은 이것으로 마칩니다.

나정 감사합니다.

쌤의 한마디

"비주류라고 두려워하지 마라. 오늘날 인정받는 주류들도 모두 비주류에서 시작했다." 1950년 노벨 문학상을 받은 20세기의 지성, 버트런드 러셀의 말입니다. 최북은 철저한 비주류였습니다. 그러나 그는 두려워하지 않았습니다. 오히려 자신이 정한 기준대로 끝까지 살아갔지요. 자신의 길을 걸었던 최북. 그렇기에 오늘날 그는 위대한 기인으로 남은 것 아닐까요?

〈최칠칠전〉, 속세와 타협하지 않는 화가의 생애를 노래하다

〈최칠칠전〉은 조선 후기의 문신 남공철(1760~1840)의 『귀은당집』에 실려 있습니다. 그는 아홉 번이나 이조 판서를 제수받았으며, 1817년에 우의정에 임명된 뒤 14년간이나 재상을 역임하지요.

일생 대부분을 고위 관료로 보낸 그의 눈에 최북이란 인물은 아주 독특하게 비쳤을 겁니다. 최북은 중인이라는 미천한 출신이지만, 세상 어디에도 굽히지 않고 당당했습니다. 또, 그림 실력은 이루 말할 수 없이 뛰어났지만, 행실은 괴팍하기 짝이 없었지요. 폭포에 몸을 던지고, 바둑판을 뒤집어엎고, 스스로 자기 눈을 찌르기까지 했으니까요. 어쩌면 작가 최북에 대한 일종의 경외심(敬畏心, 공경하면서 두려워하는 마음)을 느끼며 글을 남기지 않았을까 합니다.

조선 후기의 문인 신광하가 지은 시 한 편을 통해 최북의 삶을 떠올리며 마무리하겠습니다.

최북가

그대는 보지 못했는가, 최북이 눈 속에서 죽은 것을.

담비 옷에 백마를 탄 이는 뉘 집 자손이더냐.

너희들은 어찌 그의 죽음을 애도하지 아니하고 득의양양하는가.

최북은 비천하고 미미했으니 진실로 애달프다.

최북은 사람됨이 참으로 굳세었다.

스스로 말하기를 붓으로 먹고사는 화사畵師 호생관이라 하었네.

체구는 작달막하고 눈은 한쪽이 멀었지만

술 석 잔 들어가면 두려울 것도 거칠 것도 없었다네.

최북은 북으로 숙신(만주)에 다다라 흑삭(흑룡강)에 이르렀고

동쪽으로는 바다 건너 일본까지 갔다네.

귀한 집 병풍에 산수도를 치는데

그 옛날 대가라던 안견, 이징의 작품들을 모두 쓸어버리고

술에 취해 미친 듯 붓을 휘두르면

대낮 대청마루에 강호가 일어났다네.

그림 한 폭 팔고는 열흘을 굶더니

어느 날 크게 취해 한밤중 돌아오던 길에

성곽 모퉁이에 쓰러졌다네.

묻노니 북망산 흙 속에 만골萬骨이 묻혔건만

어찌하여 최북은 세 길 눈 속에 묻혔단 말인가.

오호라! 최북은 몸은 비록 얼어 죽었어도

그 이름은 영원히 사라지지 않으리.

악인
너 아니?
원래 사악한 것일수록
더 아름답단다

아우야,
나를 위해 장님이 되고 바다에 빠져주렴

〈적성의전〉

동구 안녕하세요, 쌤.

쌤 반가워요. 그나저나 밖에 비가 많이 오는군요.

붕이 그러게요. 오늘 수업 주제와 분위기가 딱 맞는 것 같아요.

쌤 하하, 그런가요? 오늘부터는 악인을 함께 살펴봅니다. 여러분
혹시 문학 속에서 기억나는 악인 있나요?

나정 전 수청을 들라고 춘향이를 괴롭히던 변학도요.

붕이 음, 갑자기 생각하니 딱 떠오르지 않네요. 아, 맞다. 놀부?

동구 저는 〈장화홍련전〉의 계모가 생각나요. 장화와 홍련을 연못에
빠져 죽게 한 나쁜 여인이지요.

쌤 좋습니다. 사실 악인은 현실에도 많습니다. 뉴스만 보아도 사

건·사고가 끊이질 않잖아요. 다만 '악인은 왜 악한 행동을 할까? 도대체 무슨 이유로?'를 생각해보는 것이 이번 수업의 주제입니다. 준비됐지요?

붕이 넹.

쌤 〈적성의전〉은 중국 강남의 안평국이 배경입니다. 이곳 왕에게는 두 왕자가 있었는데요, 맏아들의 이름은 항의이고, 둘째는 성의입니다. 여기서 쌤이 질문 하나 던지지요. 이들의 이름을 듣고 생각나는 게 없나요?

나정 응…, 어렵다. 잘 모르겠는데요.

동구 음, 전 알 것 같아요. 항의의 '항'은 '저항'할 때 쓰는 것 같은데요. 그러니까 의롭지 못한 인물 같고요. 성의의 '성'은 '완성'할 때 쓰는 한자거든요. 그래서 성의는 의를 이루는 인물 같네요.

붕이 오, 너 한자 좀 한다?

동구 응, 방학 때 공부 좀 했거든.

쌤 잘 말했군요. 정답입니다. 참고로 '항抗'은 '겨룰 항' 자입니다. '성成'은 '이룰 성' 자이고요. 첫째인 항의는 심성이 비뚤고 음험합니다. 반면에 둘째인 성의는 성품이 착하지요. 인물의 이름 속에 그들의 성격도 담겨있는 셈입니다.

왕의 입장에서는 누구를 세자(世子, 왕의 후계자)로 책봉하고 싶을까요? 성의입니다. 그러나 많은 신하가 반대합니다. 첫째 아들이 세자가 되는 게 질서에 맞다고요. 왕은 고심하다가 결국 항의를 세자로 봉합니다. 그러나 형의 입장에선 불안합니다. 그의 마음엔 아우를 향한 질투심이 도사리고 있었지요.

나정 음, 뭔가 삐걱대네요.

쌤 어느 날 왕비가 병에 걸렸는데 어떤 약을 써도 효과가 없습니다. 하루는 한 도사가 나타나더니 서역 청룡사에 있는 일영주가 아니면 고칠 수 없다고 하지요. 여기서 서역이란 곳의 의미를 알아야 하는데요. 사전에 서역은 중국 서쪽 지방에 있는 여러 나라를 일컫는 말로 나옵니다. 그러나 문학에서 서역은 이승의 끝자락을 의미하지요. 그렇기에 인간이 도달하기 어려운 곳입니다.

동구 시련과 역경의 공간이지요.

쌤 그렇습니다. 이곳으로 가려면 약수弱水라는 강을 건너야 하는데, 여긴 부력이 약해 깃털도 가라앉는 곳이었지요. 가면 살아돌아올 수 있을지 확신할 수 없습니다. 그러나 어머니의 병을 고치고자 열두 살의 성의는 약을 찾아 떠납니다.

수많은 어려움이 있었지요. 그러나 성의는 하나하나 극복해가며 결국 서역에 도착해 청룡사의 스승에게 일영주를 얻습니다. 성의는 어머니를 구할 생각에 기쁜 마음으로 고향을 향하지요.

한편 항의는 불안합니다. 동생이 출발한 지가 벌써 반년인데만에 하나 약을 구해오기라도 하면 자신의 입지가 더욱 좁아질 테니까요. 그는 동생의 소식을 알아오겠다며 군사를 이끌고 바다로 나섭니다.

붕이 왠지 불안하네요.

쌤 나선 지 사흘째, 저 멀리 배 한 척이 보입니다. 딱 보니 동생의 배네요. 항의는 성의를 만나 일영주를 구했는지 물어봅니다. 아무것도 모르는 성의는 어머니를 살릴 약을 구했다며 형에게 일영주를 내어주지요. 자, 목적을 달성했으니 이제는 동생이 사라져줄 차례입니다. 그는 아버지 이름으로 거짓 명령을 내려 동생에게 자결을 요구하지요. 한번 볼까요?

"네 거짓으로 서천에 가 일영주를 얻어오마 하고 병든 어머니를 버리고 불도佛道에 빠져서 돌아올 마음이 없으니 이는 천하에 불효다. 어머니가 너를 보시면 병세가 심해질 것이니, 너는 빨리 물에 빠져 아버지의 명을 받들라."

나정 헐. 형이란 놈이 어이없다.

동구 그러게. 아버지의 명이니 물에 빠져 죽으라네.

쌤 뻔한 거짓말이지요. 성의는 대성통곡합니다. 옆에 있던 무사들은 궁궐에 들어가 왕을 직접 뵈어야겠다면서 따지지요. 그러자 항의의 본색이 드러나네요. 그가 한마디 합니다. "다 죽여라."

붕이 킥.

쌤 혼란한 와중에 항의는 칼로 성의의 눈을 찌르고 바다에 빠뜨립니다. 그러고는 자기 부하들에게 돈을 주며 이 일을 발설치 말 것을 요구하지요. 궁에 돌아와서는 동생에게 일영주를 건네받 았으나 그가 불도에 뜻을 두어 속세를 떠났다고 거짓말합니다.

한편, 한 조각 널빤지에 의지해 망망대해를 떠돌던 성의는 죽기 직전에 한 무인도에 다다릅니다. 손을 뻗어 살피니 숲이 우거 져 있네요. 외롭고 원통해서였을까요? 대나무를 잘라 피리를 부는데, 마침 근처를 지나던 중국 사신 호 승상이 그 소리를 듣 게 됩니다. 호기심에 배를 세우고 그를 불렀는데, 자세히 보니 맹인이네요. 피리 소리가 구슬픈데 어떤 연고로 여기 있는지 문 자, 성의는 수적을 만나 부모를 잃고 눈을 찔린 후 이곳에 이르 렀다고 합니다.

동구 그래도 그 상황에서 승상을 만난 게 천우신조네요.

붕이 그게 뭔 뜻이야?

동구 천우신조天佑神助, 하늘이 도왔다는 거야.

쌤 그래요. 성의를 불쌍히 여긴 승상은 그를 데리고 중국으로 가 황제를 만나고 그간의 일을 설명하지요. 황제는 성의의 단정한 용모와 청아한 피리 소리를 듣고 감탄하여 그를 궁에 살게 합 니다.

마침 궁에는 채란 공주가 있었습니다. 나이도 성의와 같았지 요. 밤늦게 화원에서 들려오는 피리 소리에 공주는 호기심이 들 어 나갔다가 성의를 만납니다. 두 사람은 대화를 나누며 서로

호감을 느끼게 되지요. 이제 성의는 안정된 생활을 할 수 있었
지만, 마음은 늘 무겁습니다. 왜일까요?

나정 고향 생각 때문이겠죠.

쌤 그래요. 한편 안평국 왕비는 일영주를 먹고 쾌차합니다. 그러
나 그녀는 둘째 아들 걱정에 늘 마음이 무거울 뿐입니다. 하루

는 아들의 방에 갔는데 창가에 기러기 한 마리가 앉아있네요. 이 기러기는 성의가 어렸을 때부터 기르던 친구와도 같은 존재였는데요, 왕비는 슬픈 마음으로 기러기에게 묻습니다.

"네 비록 미물이나 네 임자 있는 곳을 알지니 서천에 들어가 살았느냐, 망망대해 중에 죽어 물고기의 밥이 되었느냐? 만일 살았거든 내 앞에서 세 번 울라."

그러자 신기하게도 기러기가 목을 늘이고 세 번 웁니다. 왕비는 놀랍고도 기뻤지요. 그녀는 편지 한 통을 써서 기러기의 발에 묶고 아들에게 전해달라고 당부합니다. 기러기는 고개를 끄덕이더니 저 멀리 바다를 향해 날아가지요.

붕이 요즘 같으면 전화하면 될 텐데. "아들아! 너 어디니?" 헤헤.

나정 야, 말이 되는 상상을 좀 해라. 응?

쌤 성의가 궁에서 채란 공주와 이야기를 나눌 때였습니다. 가까이에서 기러기 소리가 들리는데 그 소리가 너무나 낯익습니다. 아, 손을 뻗어 만져보니 분명 자신이 기르던 것이네요. 성의는 눈물을 흘리며 외칩니다. "네가 이제 나를 찾아왔으니 어머니께서 승하하셨구나."라며 기절하지요.

동구 헐.

쌤 그런데 공주가 살펴보니 기러기 다리에 편지가 매여있습니다.

56

그녀는 편지를 펼쳐 읽지요.

네 나의 슬하를 떠난 지 벌써 수년이라. 망망 천지 사이에 어느 곳에
서 죽었느냐 살았느냐. 네가 서천에 가 일영주를 얻었으니 네 효성
을 하늘이 감동하심이나 너의 돌아오는 소식 없어 슬프다. 나의 아
이야….

나정 아.

쌤 편지에는 아들을 보고 싶은 어머니의 마음이 구구절절하게 담
겨 있습니다. 공주는 잠시 후 깨어난 성의에게 편지를 읽어주지
요. 성의는 가슴이 미어지고 또 미어집니다. 어머니를 향한 그
리움, 제 처지에 대한 안타까움이 마음속에서 끓어오르지요.
눈물이 폭포처럼 쏟아지더니 불현듯 성의의 두 눈이 번개같이
떠집니다. 어머니의 편지가 기적을 만든 셈이죠.

붕이 헉, 그러고 보니까 〈심청전〉이랑 비슷하네요.

쌤 개안(開眼, 눈을 뜸) 모티프가 동일하게 쓰인 것이지요. 자, 이제
성의는 눈을 뜨게 되었습니다. 화룡점정이란 말도 있지요? 용
을 그리면서 마지막에 눈동자를 그려 넣었더니 그 용이 실제 용
이 되어서 구름을 타고 하늘로 날아 올라갔다는 이야기인데요,
같은 상황입니다. 이제는 성의가 날아다닐 차례이지요. 그는
일전에 목숨을 구해주었던 호 승상의 권유로 과거에 응시해 급

제합니다. 또 채란 공주와 결혼하여 부마가 되지요.

붕이 부마가 뭐에요?

동구 부마는 황제의 사위를 의미해.

붕이 아항.

쌤 자, 이제 성의의 인생은 활짝 피었습니다. 그렇게 평화로운 몇 달이 지나가지요. 그러나 성의의 마음은 항상 어머니 걱정뿐입니다. 그는 황제에게 고향에 다녀오겠다고 청하지요. 황제는 흔쾌히 허락하며 군사를 내어줍니다.

소식은 발보다 빠릅니다. 안평국에도 성의가 살아온다는 급보가 전해지지요. 항의 처지에서는 동생이 고국 땅을 밟기 전에 어떻게든 제거해야 할 상황입니다. 그는 군대를 보내 성의를 치려 하지만, 번번이 실패로 끝납니다. 분한 상황에 어찌할 바를 모르는데 문득 한 사람이 나와 큰 소리로 외칩니다.

"무지한 놈아. 형제를 몰라보고 이렇듯이 지악불량至惡不良하니, 너 같은 놈을 베어 후인을 경계하리라!"

순식간의 일이었습니다. 항의는 부하의 칼에 몸이 두 쪽으로 갈라집니다. 악인의 비참한 최후였지요.

나정 어머, 끔찍해라.

동구 흐미.

쌤 자, 결말은 예상대로입니다. 성의는 부모를 만나 눈물을 흘리며 그간 있었던 일을 말합니다. 부모 역시 고생한 둘째 아들을 따뜻하게 위로하지요. 세월이 지나 성의는 다섯 자녀를 얻고 부모가 돌아가신 후 안평국 왕이 되어 나라를 훌륭히 다스립니다.

붕이 흐음, 그렇군요. 근데 좀 뭐랄까. 너무 뻔한 것도 같아요.

나정 정말. 딱 봐도 권선징악이야.

쌤 하하, 확실히 눈이 높아졌군요. 좋아요, 좋아. 그럼 묻지요. 권선징악이라고 했는데 아마 악은 항의를 뜻할 겁니다. 그런데 왜 항의는 악하게 되었을까요? 동구가 대답해볼래요?

동구 음, 글쎄요. 열등감 때문이 아닐까요? 기본적으로 형한테는 동생보다 우위에 있어야 한다는 심리가 있는데요, 여기선 동생이 잘났으니 형 입장에서 조바심이 났겠지요.

나정 맞아. 게다가 왕이 세자 자리도 원래 동생한테 주려고 했잖아. 신하들이 반대해서 어쩔 수 없이 항의한테 가긴 했지만.

쌤 좋습니다. 쌤이 설명은 안 했지만, 이 작품에는 항의와 성의의 관계가 조화롭지 못할 것을 암시하는 부분이 나옵니다. 성의에게 일영주를 건네주던 스승이 말하지요. "너는 본디 천상계 사람인데 전생에 묘일성신과 다툼이 있었다. 현세에 형제로 태어나 허다한 어려움이 있을 것이나 필경 원한을 풀 수 있을 것이다."라고요. 다시 말해 전생에서부터 이미 원한 관계였던 것입니다. 그리고 현세에 성의가 한을 풀도록 항의는 악인으로 설정된 것이었지요.

동구 그렇군요.

쌤 그러나 쌤은 다르게 볼 수 있지 않을까 생각합니다. 바로 편애
와 인정 문제로요.

사람은 백이면 백, 제각각 색을 지닌 존재입니다. 같을 수가 없
어요. 이건 한배에서 나온 형제라도 마찬가지입니다. 형은 활
달하고 적극적이지만, 동생은 소심하고 부끄럼을 타는 성격일
수 있습니다. 그 반대인 경우도 있고요. 교실에도 수십 명의 학
생이 똑같은 교복을 입고 앉아있지만, 행동이나 생각은 다 다
르잖아요?

이런 다양한 사람들을 모두 사랑하라는 건 종교적 수사(修辭,
말을 아름답게 꾸미는 기술)에 지나지 않아요. 분명 짜증 나는 사람
도 있고, 증오하는 사람도 있기 마련입니다. 사랑만으로 모든
이를 포용하는 건 현실적으로 어렵지요.

그러나 적어도 사랑이 다른 모든 걸 압도해야 할 특별한 관계
가 하나 있습니다. 그건 바로 부모와 자식 간이에요.

동구 흐음.

쌤 부모와 자식의 인연은 절대적입니다. 세상에 태어나 가장 먼저
맺는 관계이자 모든 이해를 뛰어넘는 만남이지요. 그리고 평생
을 함께 갈 인연이고요. 그렇기에 이 관계의 핵심이 되는 전제
는 사랑입니다. 부모의 사랑은 형제 모두에게 공평해야겠지요.

그러나 작품 어디에도 부모가 항의를 아끼고 예뻐했다는 부분은 없습니다. 성의의 착한 품성과 올바른 품행을 칭찬하는 부분이 여러 군데 쓰여있는 것과 비교되지요. 첫째는 외면하고 둘째만 감싸 안는 것, 이것은 명백한 편애입니다. 당연히 항의는 어릴 때부터 동생보다 평가절하를 당하며 열등감을 느꼈겠지요. 그에게 동생을 증오하는 마음이 싹트지 않는 게 이상할 정도입니다. 어쩌면 그렇게 만든 건 부모일 수도 있지요.

붕이 그렇군요.

쌤 인정받는 자는 그 상태를 유지하고자 노력합니다. 그러나 인정받지 못한 자는 인정받으려고 그보다 더욱 치열하게 움직이지요. 항의는 치열하게 움직였습니다. 물론 방법은 잘못되었지만요. 문학은 결국 인간을 이해하는 것이라고 했지요? 우리가 항의를 악이라고 규정하기 전에 그가 왜 그런 행동을 했는지 이해해야 합니다. 세상에 나쁜 사람이 많은 건 여러 이유가 있겠지만, 그들이 제대로 인정받지 못한 것도 한 요인이 될 거란 생각이 듭니다. 어쩌면 말이지요. 오늘은 이것으로 마칩니다. 수고했습니다.

나정 감사합니다.

아이들은 자랍니다. 그들 역시 언젠가 부모가 될 날이 오겠지요. 그러나 아이들은 부모 역할을 미리 배우거나 경험해보지 못했기에 많은 시행 착오를 겪을 겁니다. 지금의 부모들이 그랬듯이 말이에요. 특히나 자녀와의 관계 설정이 쉽지 않음을 금세 느낄 겁니다. 그렇지만 기억하세요. 가장 중요한 건 사랑입니다. 비뚤어지거나 어느 한쪽으로 쏠린 사랑이 아니라 공평하고 책임감 있는 사랑 말이에요.

〈적성의전〉,
어쩌면 우리는 인정받고자 싸우는지도 모른다

'인정 투쟁'이란 말이 있습니다. 독일의 철학자 헤겔은 인간 사이의 모든 갈등은 인정받고자 하는 욕망에서 비롯된다고 생각했지요.

어쩌면 우리는 누군가에게 인정받으려고 치열하게 사는지도 모릅니다. 선생님, 직장 상사, 가족과 친구들로부터 말이지요. 인간이란 본래 타인에게 인정받을 때 삶의 보람과 행복을 느끼는 편입니다. 반대로 인정받지 못하면 왠지 의욕도 없고 불행을 느끼기 쉽지요. 인류의 역사는 개인과 공동체로부터 인정받으려는 일종의 투쟁이었습니다. 미국의 정치학자 프랜시스 후쿠야마는 이를 '인류의 인정 투쟁'으로 정의하지요.

작품에서 성의는 효심이 지극한 인물로 묘사됩니다. 눈이 멀어 섬에 표류했을 때도 자신보다 어머니를 걱정하는 마음을 지녔으니까요. 그럼 항의는 효심이 없었을까요? 추측하건대 그렇지는 않을 겁니다. 비록 동생에게서 빼앗은 일영주이지만, 이를 가져와 병든 어머니를 살린 것, 성의가 없는 동안에도 안평국이 별다른 일이 없이 온전하게 유지된 것 등을 통해 알 수 있습니다. 즉, 형제의 갈등은 효의 유무 문제라기보다는 인정 투쟁과 왕위 계승에서 비롯한 것이지요.

좀 더 구체적으로 볼까요? 첫째인 항의는 부모에게 인정받지 못합니다. 그러나 신하들의 지지로 세자라는 지위를 얻었습니다. 반면 성의는 부모에게 인정받지만, 왕위 계승에선 밀렸습니다. 그가 이대로 있으면 왕의 지위는 물 건너갈 뿐입니다. 그렇기에 어머니가 병들었을 때 성의는 다른 선택의 여지없이 목숨을 걸고 서천으로 향하지요. 물론 항의 역시 자신의 지위를 유지하려고 차후에 나서긴 하지만요. 이런 모습들이 눈물겨운 인정 투쟁으로 읽히는 건 왜일까요?

형님, 어쩌지?
형님 마누라가 더 예뻐 보이는걸

〈유효공선행록〉

동구 쌤, 아주 흥미로웠습니다.

쌤 응? 뭐가요?

동구 전 시간에 배웠던 〈적성의전〉이요. 줄거리만 읽었을 땐 효와 우애를 강조한 평범한 작품인 줄 알았는데요, 편애나 인정 투쟁의 관점에서 보니까 새롭네요.

쌤 하하, 그래요? 바다를 한 번 떠올려봐요. 수면에서만 바다를 보면 파란색 일색이지요. 그러나 물속에 들어가 보면 형형색색의 광경이 펼쳐져요. 그런데 그냥 맨몸으로 물속에 들어갈 수 있나요? 산소통을 짊어져야 깊은 바닥까지 내려갈 수 있지 않겠어요? 우리가 배운 지식은 문학의 바다를 제대로 감상할 수

65

있도록 도와주는 일종의 장비인 셈이지요.

동구 그렇군요.

붕이 웬 바닷가 얘기를 하고 계세요? 제가 한수영하지요. 헤헤.

나정 아휴, 늦었어요, 쌤.

쌤 어서들 와요. 자, 다들 왔으니 오늘의 작품인 〈유효공선행록〉
으로 바로 들어갈게요. 중국 명나라 때 유정경에겐 연과 홍이
라는 두 아들이 있었습니다. 그는 형부 시랑, 즉 사건의 송사를
주관하는 일을 맡고 있었지요.

　　하루는 도정이란 자가 한 여인을 겁탈하려다가 그녀가 자살하
는 일이 벌어집니다. 이에 그녀의 남편은 도정을 고발하는데,
유정경이 이 사건을 맡게 되지요. 이대로 가면 도정은 처벌을
피할 길이 없습니다. 그는 유정경의 둘째 아들 홍에게 뇌물을
써요. 뇌물을 받은 유홍은 아버지에게 도정을 옹호하며 거짓을
꾸며내지요.

붕이 허, 뇌물에 홀라당 넘어가다니.

쌤 유정경은 둘째 아들의 말을 곧이듣고 오히려 여인의 남편을 귀
양 보냅니다. 첫째 연은 판결이 부당하다고 항의하지요. 그러나
동생은 형을 모함하고, 유연은 아버지한테 되레 질책받습니다.

나정 동생이 나쁜 놈이네.

동구 그러게. 아버지란 사람도 현명하지 못하네요.

쌤 그래요. 마침 추밀부사 정관이 사건을 조사하고자 이곳에 내려

옵니다. 추밀부사는 정삼품의 높은 벼슬입니다. 그 정도 위치의 인물이라면 상당한 안목이 있겠지요. 정관은 유연을 만납니다. 그리고 그의 착한 품성과 부친을 생각하는 마음에 감동해 유정경을 처벌하려던 것을 그만둡니다. 그나저나 괜찮은 인재라면 잡아야겠죠? 그는 자신의 딸을 유연과 혼인시킵니다. 다만 한 가지 착각한 게 있는데, 형이 괜찮으면 아우도 괜찮을 줄 알았나 봐요. 그래서 친구인 성 어사의 딸과 홍의 결혼도 주선하지요. 이렇게 형과 아우는 한날한시에 혼인식을 올리게 됩니다.

동구 와, 그래도 남자들 좋겠네요. 부사의 딸, 어사의 딸과 결혼했으니.

나정 너 말이 왠지 불순하다?

동구 엥? 아, 오해는 하지 말아 줘.

나정 흥.

붕이 어엇! 콧김이 차갑다!

쌤 하하, 계속 볼게요. 결혼해도 사람은 바뀌지 않나 봅니다. 동생 홍은 자기 아내보다 형의 아내인 정 부인이 더 아름다워 보였나 보죠? 그는 형의 아내가 더 예쁘다는 둥, 못난 놈이 운 좋다는 둥 노래를 지어 부르지요. 형은 우연히 그 노래를 듣게 됩니다. 이 상황에서 그는 어떻게 해야 할까요?

붕이 니킥 한 번 날리고 귀싸대기를….

나정 야, 너는 무슨 말을 그렇게 함부로 하니…. 그냥 주리를 틀어야

해요, 주리를.

쌤 가만히 있으면 형이 아니겠지요? 연은 홍을 불러 꾸짖습니다. 그러나 홍도 가만히 당하지만은 않아요. 형이 자기를 모함하고 책망했다며 억울해 못 살겠다고 자살 소동을 벌입니다. 이를 본 아버지는 연을 모질게 때리지요. 일어나지도 못할 정도로 두들겨 패고, 신성(晨省, 아침 일찍 부모의 침소에 가 문안 올리는 것)하지 못하자 그걸로 또 혼냅니다.

동구 와, 동생도 나쁜 놈이지만 아버지도 너무하네요. 둘째만 예뻐하는 게 눈에 선하네요.

쌤 그래요. 마침 나라에서 과거를 시행합니다. 첫째인 연은 병을 이유로 응시하지 않고 둘째인 홍만 응시하지요. 그는 장원급제를 합니다. 아버지 입장에선 신났습니다. 이 기회에 아예 첫째를 내치기로 하지요. 그래서 공식적으로 유연의 장자(첫째 아들) 지위를 빼앗고 홍을 맏아들로 삼습니다.

붕이 악당 같은 동생 놈이 잘도 나가네. 과거까지 급제하다니. 그나저나 아버지도 제정신은 아닌 듯해요.

쌤 장자 지위를 빼앗긴 연은 두문불출하며 굶어 죽으려 하지요. 그의 아내 정 부인은 가슴을 뜯으며 슬퍼할 뿐입니다. 어느덧 시간이 흘러 아버지의 명을 받은 연은 과거에 응시해 장원급제를 하지요. 그러나 동생은 형이 잘되는 꼴을 못 봅니다. 이번엔 형수를 모함하지요. 그녀가 노비와 간통하고 시부모를 헐뜯고

다닌다고요.

동구 야, 끈질기네요. 쉬지 않고 덤벼대네.

나정 동생 좀 어떻게 안 되나요?

쌤 거짓말에 속은 아버지는 며느리를 집에서 쫓아냅니다. 당시에 조정에서는 황제가 황후를 폐위하고 후궁 만귀비를 새로운 황후로 책봉하는 일이 벌어졌는데요, 연이 이를 반대하는 상소를 올리자 황제는 분노하여 연을 귀양 보냅니다. 그 상황에 동생은 자객을 보내 귀양 가는 형을 죽이려고까지 하지요.

다행히 연은 무사히 유배지에 도착하고, 정 부인도 남편을 찾아와 함께 지냅니다. 그러나 잠시뿐이었어요. 홍은 그 사실을 아버지께 이릅니다. 유정경은 생각하지요. '유배지에서 고생하면서 잘못을 뉘우칠 일이지, 어찌 불륜을 저지른 더러운 여자와 함께 있단 말인가.' 그는 아들에게 칼 한 자루를 보냅니다.

붕이 자살하라는 소린가요? 와, 콩가루 집안이네, 아주.

쌤 아버지의 뜻을 이해한 연이었지만, 차마 그것만은 할 수 없었나 봅니다. 대신 그는 아내를 내보내지요. 마침 오랑캐가 중원을 침공하자 동생 홍은 대원수가 되어 적을 평정합니다. 그때 조정에서는 만귀비가 새 황제를 해치려는 음모가 있었지만, 실패로 끝나지요. 역모죄로 처형된 만귀비와 친분이 있던 홍은 북해로 유배됩니다. 졸지에 국가의 영웅에서 죄인으로 몰락하지요. 그리고 연은 유배가 풀리며 다시 벼슬을 받습니다.

붕이 이제야 뭔가 좀 제자리를 찾아가네요.

쌤 그래도 형의 입장에선 유배 간 동생이 걱정되나 봅니다. 그래서 연은 동생의 아들 백경을 자신의 맏아들로 삼고 친아들 이상으로 사랑해주지요. 게다가 자기 아들인 우성보다 먼저 결혼까지 시키지요. 이러한 인자함은 황제의 마음도 움직입니다. 결국, 동생은 유배에서 풀려나고 아버지 유정경도 자신의 잘못을 뉘우치며 가족이 화목하게 된다는 내용이지요.

나정 흠, 그런가요? 결말이 좀 뻔한 감이 없지 않네요.

쌤 후후, 과연 그럴까요? 여러분에게 묻지요. 첫째 아들 유연이란 인물을 어떻게 생각하나요?

나정 ?

동구 음, 못난 아비와 못된 동생 사이에서 고통을 겪지만, 결국 가족을 하나로 모으는 착한 인물 아닌가요?

붕이 암, 효자지요, 효자.

쌤 그렇게 생각할 것 같아서 쌤이 물어본 겁니다. 여러분! 사람은 단순하지 않아요. 어떤 애는 착한 애, 어떤 애는 나쁜 애. 이렇게 간단하게 규정할 수 없어요. 현실에서도 그래요. 누군가에겐 착한 아들이 다른 누군가에겐 생명을 빼앗는 살인범일 수도 있습니다. 그의 어머니는 내 아들이 정말 그런 애인지 알 수 없어요. 집에선 항상 밝고 예의 바른 모습만 보이니까요. 그렇기에 우리가 인물을 판단할 때는 부분만 놓고 보면 안 됩니다. 쉽게 생각해선 안 된다는 거예요.

걸으로 볼 때 유연은 분명 효자입니다. 동생이 뇌물을 받고 자신을 모함했을 때도, 동생이 자신의 아내를 모함해 결국 쫓겨나게 했을 때도, 자객을 보내 자신을 죽이려 했을 때도 연은 참았습니다. 그것들을 다 알면서도 말이에요. 아버지의 경우엔 더 심했지요. 그는 둘째만 편애했어요. 또, 장자 지위를 빼앗고 아내를 쫓아냈고요. 게다가 유배지에 칼을 보내 자결을 강요하기까지 했어요. 이런 상황에서 유연은 끝까지 아버지와 동생을 위하는 마음을 잃지 않지요.

나정 다시 듣고 보니 정말 가족이 아니라 원수네요.

쌤 그러나 쌤이 정말 문제가 있다고 보는 건 유연의 태도입니다. 일례를 들까요? 노비와 간통하고 시부모를 욕한다는 모함을 듣고 아버지는 유연에게 부인을 때리고 쫓아내도록 합니다. 물론 유연은 모함이 사실이 아니란 걸 알지요. 그러나 그는 어떻게 할까요? 아버지가 시킨 그대로 합니다. 자기 부인을 혹독하게 때리고 집에서 쫓아내지요.

나정 어머.

쌤 게다가 유연이 귀양 갈 때 동생이 자객을 보내 죽이려 했잖아요? 그때 자기 목숨을 구해준 건 바로 남장한 자기 아내였는데요, 연은 고마워하긴커녕 폐출당한 여자가 왜 자결하지 않고 남자로 변장하고 있느냐고 질책하지요.

붕이 뜨아.

쌤 유배지에서는 아버지의 뜻이라며 임신한 아내를 내칩니다. 또, 자기 아들에게도 어머니인 정 부인과 인연을 끊으라고 하지요. 아들이 그럴 수 없다며 반발하자 연이 때려 애가 기절하는 일도 벌어집니다.

동구 대박 사건이네.

쌤 유배 도중 아내를 만났을 때 유연이 한 말이 있습니다. 볼까요?

"차라리 불의할지언정 불효하지 않으려는 고로."

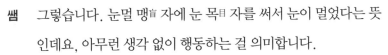

나정 아니, 저게 맞나요? 바보 아니에요?

붕이 흥분하지 마. 흥분하지 마.

쌤 여러분, '맹목적'이란 말의 뜻을 아나요?

동구 무조건적이란 의미 아닌가요?

쌤 그렇습니다. 눈멀 맹盲 자에 눈 목目 자를 써서 눈이 멀었다는 뜻인데요, 아무런 생각 없이 행동하는 걸 의미합니다.

유연에게 가문의 유지와 존속은 절대적이었습니다. 그렇기에 그는 효와 우애를 무엇보다 중시했지요. 그러나 기억하세요, 여러분. 어떠한 훌륭한 가치도 그것이 맹목적이면 더는 유효하지 않다는 것을요.

그는 다른 모든 것을 내쳤습니다. 부친의 잘못된 명령에 항변

하지 않고 그대로 순응하며 살았습니다. 그것이 오직 효라고 믿었던 것이지요. 장자에서 폐출되었을 때 그는 부친의 잘못을 감추려고 스스로 미친 척합니다. 과연 이것이 진정한 효일까요? 자신을 죽이려 했던 자객의 품속에서 금낭(비단 주머니)과 옥잠(옥비녀)을 발견합니다. 자객을 고용할 때 동생이 건넨 가 보였지요. 그걸 보고도 언젠가는 동생이 착하게 바뀌길 기다리며 아무것도 하지 않습니다. 과연 이것이 진정한 의미의 우애일까요? 또, 자기 아들이 아내의 피를 물려받았다며 그를 장자에서 폐합니다. 자신이 당한 짓을 아들에게 똑같이 한 것이죠. 과연 이것이 도리에 맞는 일일까요?

붕이 쌤! 쌤도 좀 흥분하신 것 같아요! 여기 물이라도 한잔 드세요.

쌤 아, 그런가요? 고마워요.

동구 쌤, 질문이 있어요.

쌤 말해봐요.

동구 만약 저 상황에서 쌤이 유연이었다면 어떻게 하셨을까요? 효와 도리가 충돌할 때요.

쌤 무슨 효에요. 효도하지 마요. 그냥 떠나요.

동구 !!

쌤 아비와 동생이 죽이려 드는 저런 집에서 무조건 수긍하며 사는 게 과연 효일까요? 쌤은 그런 효는 전혀 의미가 없다고 봐요. 모든 삶은 그 꽃을 피워낼 때 가장 가치가 있어요. 맹목적으로 강요된 효의 그늘막 아래에서 평생 꽃망울조차 터뜨리지 못한 채 시들어간다면 그것이야말로 자기 삶에 대한 불효 아닐까요?

붕이 맞아, 맞아.

동구 그렇군요. 공감합니다.

쌤 이 소설에서 악인은 분명 홍입니다. 그러나 연은 악인은 아니더라도 선인으로도 볼 수 없습니다. 굳이 따진다면 그는 피해를 본 가해자이지요. 어리석기로는 그의 아버지와 같아 보입니다. 이것으로 마칩니다.

동구 감사합니다.

쌤의 한마디 ⭐

모든 가치는 결국 인간을 향해야 합니다. 사회질서를 유지하기 위해, 가문의 번영과 존속을 위해, 공동체의 안녕과 안정을 위해 개인의 자유와 행복을 억압한다면 그 가치는 폐기해야 합니다. 기억하세요. 무엇보다 가장 중요한 건 인간입니다.

〈유효공선행록〉,
문학 속 인물을 현대의 관점에서 비판적으로 읽기

〈유효공선행록〉은 작자·연대 미상의 고전소설로 30여 종의 이본이 존재합니다. 또한 〈유씨삼대록〉의 전편이지요. 참고로 연암 박지원이 청나라에 들어갔다가 책장이 헤지고 떨어진 〈유씨삼대록〉 두어 권을 보았다는 기록이 『연암집』에 실려 있습니다. 이를 통해 당대 지식인들도 즐겨 읽었던 작품임을 알 수 있지요.

독특하게도 이 작품은 형제 중 아우를 악인으로 설정합니다. 〈흥부전〉, 〈창선감의록〉, 〈적성의전〉 등이 형을 악인으로 설정한 것과 구별되지요. 악인인 동생 홍은 직접 움직이기보다 영향력이 큰 사람(아버지)을 뒤에서 조종하며 형을 괴롭히는 모습을 보여줍니다. 온갖 방법으로 형을 모략하는 동생의 모습을 보며 우리는 분노를 느끼게 되지요.

이 작품은 유연의 효행을 후세에 전하려고 쓰였습니다. 효라는 당시 사회적 이념을 강화하려는 작가의 의도를 반영한 것이지요. 그러나 독자는 작가의 메시지를 그대로 수용하기보단 비판적으로 받아들일 필요가 있습니다. 작가가 전하고자 하는 가치가 옳은지, 그것을 실현하는 주인공의 행위가 타당한지, 그 가치가 현재 우리에게 유용한지를 말이지요. 〈심청전〉에서도 아버지의 눈을 뜨게 하고자 심청이 인당수에 몸을 던집니다. 그러나 그것을 진정한 효로 볼 수 있는지는 의문이지요. 우리는 작품을 읽으면서 끊임없이 질문해야 합니다. 그 과정에서 등장인물은 생생한 목소리로 우리에게 말 걸어 올 겁니다.

사기라는 건 일종의 게임이란다, 마음을 읽는 게임 말이야

〈이홍전〉

~~~~~~

동구 안녕하세요.

나정 안녕하세요, 쌤.

쌤 반가워요. 뭔가 재미있는 일 있나요? 둘 다 표정이 환하니 좋아 보이네요.

동구 하하, 감사합니다.

쌤 좋을 때입니다. 지금 이 순간을 행복하게 즐기길 바랍니다.

동구 넵.

나정 그나저나 붕이는 왜 안 와? 수업 시간 다 됐는데.

동구 그러게.

쌤 곧 오겠지요. 수업하기 전에 하나 묻지요. 여러분 혹시 사기당

해본 적 있어요?

나정 사기요? 전에 중고나라에서 물건 살 때 사기당한 적 있어요. 괜히 먼저 입금했다가…. 흑흑….

동구 음, 저는 없는데요. 대신 친척 중에 한 분이 보증을 섰다가 사기당해서 아주 곤욕을 치른 직이 있어요.

쌤 그렇군요. 오늘 볼 작품은 사기꾼에 대한 이야기입니다. 이 사기꾼이 사기 치는 모습이 아주 재미있어요. 그걸 보면서 우리도 중요한 걸 깨닫게 될 거고요.

붕이 사기꾼이요? 재미있겠네요.

동구 응, 왔네? 그런데…, 옆에 계신 분은?

민지 민지라고 해요. 아휴, 오늘 덥네.

동구 혹시…?

붕이 내 여친이야. 음헤헤헤.

나정 뜨아.

동구 헐.

나정 쌤 표정 좀 봐. 놀라셨나 봐.

쌤 아, 어서 와요.

붕이 쌤, 여긴 제 여친입니다. 인사드려. 우리 국어 쌤이야.

민지 안녕하세요. 민지예요. 잘 부탁해요. 호호.

쌤 아, 반가워요.

나정 허.

민지 쌤에 대해선 말씀 많이 들었어요. 수업 재미있다고요. 제가 원래 공부랑은 거리가 좀 먼데, 붕이가 하도 얘기하기에 궁금해서 왔어요. 같이 들어도 되죠?

쌤 아, 얼마든지요.

민지 호호, 감사해요.

쌤 자, 오늘 같이 볼 작품은 〈이홍전〉입니다. 이홍은 서울 사람이지요. 말솜씨가 뛰어나고 옷도 화려합니다. 또, 풍채가 좋은 데다 씀씀이가 커서 그를 처음 대하는 사람은 전혀 사기꾼인 줄 알지 못하지요.

붕이 원래 사기꾼은 사기꾼이라고 티를 안 내는 법이지요. 암, 암.

쌤 그렇겠죠? 이 작품에는 총 세 가지 에피소드가 나옵니다. 첫 번째부터 바로 볼게요. 이홍은 부잣집에서 돈을 받아 청천강에서 공사를 벌입니다. 공사하려면 사람들이 있어야 하고, 사람들이 있으면 밥도 먹고 술도 마시고 해야겠지요? 또 술을 마실 땐 무릇 풍류가 있어야 하고요. 그는 주변에 이름난 기생을 모두 부릅니다. 그런데 단 한 명만 오질 않네요. 누군가 봤더니 평안도 감사의 총애를 받는 당대 최고 미모의 기녀입니다. 콧대 높은 그녀가 한갓 공사판에 나올 리 없겠지요. 이홍은 자존심이 팍 상했지요. 그는 친구들과 내기합니다. 자신이 직접 그녀에게 가서 열흘 이내에 일을 성사하고 돌아오겠다고 말이지요.

붕이 무슨 일을요?

민지 뭐긴 뭐겠어. 왜 이래 아마추어같이.

붕이 아항.

쌤 자, 이제 이홍은 출발합니다. 말에 잔뜩 짐을 싣고 옆에는 하인 하나를 데리고 그녀가 있는 안주安州로 향하지요. 여기서 안주라는 지역을 알아야 하는데요, 정천강 하류에 있는 그곳은 육로와 해로로 중국과 무역하는 교통의 요지였습니다. 사람과 돈이 모이면서 자연스레 상업이 발달한 곳이지요. 자, 홍은 이곳에 도착합니다. 딱 봐도 그는 개성상인으로 보입니다.

동구 돈깨나 있어 보였겠네요.

쌤 그렇습니다. 그는 기생의 집을 숙소로 잡습니다. 거기서 주막을 하는 기생의 아범을 만나지요. 자, 상대를 속이려면 먼저 상대방의 주변부터 속여야겠지요? 홍이 뭐라고 하나 봅시다.

"내가 가진 것은 값진 물건이라네. 주막에 다른 손님을 받지 말아 주게. 나의 이번 걸음은 사람을 기다려야 하는데, 그 사람이 늦게 올지 금방 올지 예측할 수 없다네. 떠나는 날 모든 걸 청산하지. 그리고 내가 원래 입이 짧으니 식사를 각별히 정히 차려 주게. 값의 다소를 염려치 말고, 음식값은 주인 마음대로 정하소."

나정 와, 주인 입장에서는 대박 손님이라고 생각했겠네요.

쌤 그래요. 볼까요? 홍은 값진 물건을 가졌음을 드러내며 아예 숙소를 전세 냅니다. 비용 따위는 아무런 부담도 되지 않는다는 걸 과시하지요. 또, 입이 짧으니 음식을 제대로 내오라고 합니다. 조금 까다로운 손님으로 보일지는 몰라도 주인 입장에선 비위만 잘 맞춘다면 큰돈이 들어오리라고 예상할 겁니다. 손님을 함부로 얕잡아 보지 못하게 하는 효과도 있고요. 무엇보다 그의 옆엔 묵직한 짐 꾸러미도 있네요. 기생 아범은 생각합니다. '이크! 좋은 손님이로구나.' 그리고 얼른 방을 깨끗이 치우지요.

동구 미끼를 덥석 물었군요.

쌤 이제 시작이에요. 홍은 방을 둘러보고 표정을 찌푸리며 하인을 부릅니다. 하루를 묵어도 이런 데 누워 있겠느냐며 종이를 사 오도록 하지요. 그리고 방 안 도배까지 말끔히 끝내고 꾸러미 속에서 두툼한 장부 한 권과 주판, 벼루를 꺼냅니다. 문을 닫고는 뭔가를 열심히 계산하는 모습을 보이죠.

기생 아범은 저분이 도대체 뭐하시는 분일까 호기심이 듭니다. 문틈으로 귀 기울여 들으니 비단, 향료, 약재 등의 가격이 줄줄 나오네요. 그 소리를 듣고는 아내에게 달려가 말합니다.

"저 손님은 거상巨商이다. 우리 아이를 보면 영락없이 반하겠지. 반하면 소득도 적지 않을 거야. 감사님 덕에 비기겠나!"

붕이 봉 잡았다고 생각했네요. 헤헤.

쌤 봉한테서 뽑아낼 수 있는 건 다 뽑아내야겠지요? 기생 아범은 자기 딸을 불러옵니다. 그녀는 아버지에게 전후 사정을 듣지요. 그러고는 방에 들어가 홍에게 인사를 올립니다.

"귀하신 어른이 누처에 오래 머무시기로 젊은 주인이 감히 인사드리옵니다."

자, 이 상황에서 홍은 어떻게 했을까요? 만약 미모의 톱스타가 여러분을 찾아온다면 어떻게 할 거 같아요? 붕이가 대답해 볼래요?

붕이 아, 쌤. 여친 데려온 날 왜 갑자기 제게 그런 난처한 질문을 하세요?

민지 괜찮으니까 대답해봐. 때리진 않을게.

붕이 쿵, 그 말이 더 무섭거든?

쌤 하하, 대답하기 어렵나 보네요. 보통은 눈을 크게 뜨고 이게 꿈인가, 생시인가 하겠죠. "너무 아름답다.", "실물로 보니 더 미인이다." 등등 칭찬도 했을 테고요. 그러나 홍은 다릅니다. 별 관심 없다는 듯 주판알만 굴릴 뿐입니다. 마치 "너 따위는 아웃 오브 안중이거든!"이라고 말하는 것처럼요.

동구 크크크. 오히려 이게 더 자신의 가치를 높이네요.

쌤 그렇습니다. 조바심이 난 건 기생 아범 쪽입니다. 어떻게든 홍을 꾀어 돈을 펑펑 쓰게 만들어야 하니까요. 그는 저녁에 홍을 찾아와 말을 건넵니다.

"제 아이가 보시기 누추하신지? 손님께서 아주 냉담하시니 애가 지금 매우 무색한 모양입니다."

홍은 몇 차례 더 사양하다가 마지못해 응하는 척합니다. 그 허락 한마디에 상다리가 휘도록 술상이 차려지고 질펀한 술잔치가 벌어지죠. 기생은 노래와 춤으로 홍의 비위를 맞춥니다. 돈 많은 손님 앞에서 무얼 못 하겠나요? 그러다 동침까지 하게 되지요. 이런 연회가 사나흘 간이나 계속됩니다.

붕이 와, 대박.

쌤 목적을 달성했으니 이젠 유유히 사라져줘야지요. 하루는 홍이 근심 어린 얼굴로 주인을 불러 묻습니다. 최근에 서쪽 지역에 도적이 출몰했는지를요. 주인이 그런 일 없다고 하자 홍은 북경에서 오기로 한 물건이 도착할 때가 되었는데 여태 나타나지 않아 걱정이라고 하네요. 그러면서 하인을 보내 서문 밖에 나가 보도록 합니다. 당연히 소식이 없지요. 며칠 후 홍은 근심 어린 표정으로 주인을 불러 말합니다.

"내가 시방 중한 재물을 가지고 있어서 나가보지 못하고 있다네. 이제 주인이 나와 한집안이나 다름없구려. 내 갑갑해서 병이 날 것 같아 도저히 앉아서 기다릴 수 없구먼. 내 물건을 주인에게 맡길 테니 잘 좀 간수해주게. 나가서 알아보고 오겠네."

하고는 총총히 나갑니다. 그러고는 그 길로 자신이 있던 곳으로 휭 가버렸지요.

붕이 아니, 주인은 돈 정산부터 하고 가라고 하지, 왜 그냥 보냈을까?

민지 야, 방 안에 있는 묵직한 짐을 돈이라고 생각했겠지. 그리고 잠깐 확인하고 온다는데 돈부터 내라고 하면 손님이 화 안 내겠어? 자기를 못 믿느냐면서. 이 집에 더 오래 머물 수도 있는데 다시는 안 오겠다고 하면 훨씬 손해지.

붕이 아항, 정말 그럴 수도 있겠네.

민지 욕심이 문제지, 욕심이 문제야.

쌤 오늘 처음 온 붕이 친구가 아주 예리하네요. 작품을 읽어내는 감각이 상당해 보입니다.

민지 호호, 과찬이옵니다. 그리고 제 이름은 민지예요, 민지. 기억하셔용.

쌤 아, 그래요. 이홍은 도망쳤습니다. 약속대로 열흘 안에 일을 성사하고 왔지요. 한편 손님이 영 돌아오지 않는 게 이상한 주인은 방에 들어가 행장을 풀어봅니다. 맙소사, 거위알만 한 조약

돌만 잔뜩 들어있을 뿐이네요.

붕이 헤헤.

쌤 자, 두 번째 에피소드입니다. 어느 시골 아전이 군포를 바치러 돈 천여 꿰미를 가지고 서울로 올라왔습니다. 어디 묵을까 고민하는데 그 모습을 본 홍이 자기 집으로 데려와 솔깃한 제안을 하지요. 자신에게 돈을 맡기면 노자나 유흥비 정도는 벌어다 줄 수 있다고요.

나정 어머, 군포면 세금 아니에요?

쌤 맞아요. 군포는 병역을 면제해주는 대신 내던 베나 돈이었어요. 아무튼, 아전은 좋아하며 돈을 몽땅 맡깁니다. 홍은 아침저녁으로 조금씩 벌어다 주지요. 아마 아전을 안심시키려고 그랬겠지요? 그렇게 십여 일이 지나고 하루는 홍이 남산 경치가 좋다며 같이 산책이나 가자고 합니다. 아전 입장에서는 안 갈 이유가 없지요. 이 사람이 돈을 잘 굴려서 덕분에 공짜 용돈을 받는 셈이니까요.

동구 비유하자면 공무원이 세금 거둔 거로 주식에 투자해서 이득을 보고 있는 셈이네요.

쌤 하하, 아주 적절합니다. 문제는 주식이 손해 볼 수도 있다는 것이죠. 아예 쫄딱 망할 수도 있고요. 이홍은 아전과 함께 산에 오릅니다. 그의 손에는 술 한 병이 들려있네요. 인적이 드문 곳에 이르러 홍은 술 한 병을 들이키더니 울면서 한 가닥 줄을 꺼내 소나무 가지에 목을 매려 합니다.

붕이 헐.

쌤 놀란 아전이 가까스로 말리지요. 그러고는 이유를 묻습니다. 이홍이 뭐라고 하는지 볼까요?

"당신 때문이라우. 내가 어디 남의 돈 한 푼인들 속일 사람이우. 남을 잘못 믿고 그만 당신 돈을 몽땅 떼이고 말았구랴. 물어내자 하니 가난한 놈이 도리가 없고 그냥 두자니 당신이 성화같이 독촉할 것이라 죽느니만 못하니 말리지 말아 주오."

그러고는 곧바로 목에 줄을 걸 기세입니다. 당황한 아전. 어떻게 해야 할까요?

나정 아, 참으로 이러지도 저러지도 못 하겠네요.

동구 그러게, 돈 날리고 목매달려는 사람한테 내 돈이나 갚고 죽으라고 할 수도 없고.

붕이 괜히 죽었다가 일이 더 커지는 거 아니야?

쌤 하하, 아마 아전도 같은 생각이었을 겁니다. 그는 죽지 말라며 만류하지요. 돈 얘기는 하지 않을 테니까 얼른 그만두라고요. 이 대목에서 이홍의 사기 솜씨가 빛납니다. 뭐라고 하나 볼까요?

"아니야. 당신이 시방 내가 죽으려니까 이런 말을 하지. 하지만 말이 무슨 문서가 되우. 나중 당신의 독촉을 무엇으로 막는단 말이오. 지금 아예 죽느니만 못하지."

동구 이야, 결국 문서로 남기라는 건가요?

쌤 그렇습니다. 어쩌면 말의 변덕스러움을 가장 잘 아는 건 사기꾼일지도 모릅니다. 말로 남을 등쳐 먹고 사는 사람이니까요. 그 와중에 홍은 넌지시 문서를 요구하지요. 빚 독촉을 하지 않겠다는 약속의 문서를요. 한편 다급한 상황에 아전은 생각할 겨를이 없습니다. 만약 홍이 죽으면 자기가 괜한 오해를 살 수 있지요. 그가 죽건 살건 돈은 이미 물 건너간 셈이에요.

나정 허, 진퇴양난이네요.

쌤 오히려 일이 커질 걸 염려한 아전은 알았다면서 돈을 받았다는 증서를 써주지요. 종이를 넘겨받은 홍의 모습이 재미있습니다. 볼까요?

"당신이 정 이런다면야 내 하필 죽을 까닭이 있소?"
홍은 옷을 털털 털고 집으로 돌아갔다. 그날 저녁 당장 그 아전을 몰아내 대문 안에 들어서지도 못하게 하였다.

붕이 크크크. 대박이다.

쌤 이 사실은 나중에 판관에게 알려지게 됩니다. 그는 홍을 잡아

다 곤장으로 볼기 일백 대를 치지요. 고통스러웠으나 죽지는
않았습니다. 몸으로 때운 셈이지요. 그 후 과거가 있었는데 홍
은 무과에 합격합니다. 활 재주가 뛰어난 것도 아닌 그가 붙은
게 모두 의아했지요. 당시에는 유가遊街라고 과거에 급제한 사
람이 거리를 돌며 인사를 다니는 풍습이 있었는데요, 홍은 화

려하게 차려입은 악공들을 대동하고 위풍당당하게 이곳저곳을 거닐지요. 사람들은 그를 보며 혀를 끌끌 찹니다.

붕이 와, 그래도 능력자네. 어떻게 과거에 합격했대?

민지 사기 친 돈을 써서 합격한 거지. 뭘 고민해?

붕이 아하, 그런가?

쌤 그래요. 자, 마지막 에피소드입니다. 어느 날 홍이 남대문에 들어설 때였습니다. 한 스님이 경쇠를 치며 시주를 받고 있지요. 홍이 그를 불러 묻습니다. 잘 보세요.

"스님, 예서 며칠 서있었나?"

"사흘 동안입죠."

"몇 푼이나 들어왔어?"

"겨우 이백여 푼밖에 안 됩죠."

"저런, 늙어 죽겠다. 종일 나무아미타불을 불러 사흘 동안에 고작 이백 푼이야. 우리 집은 부자이고 아이들이 많다네. 진작부터 부처님께 아름다운 일을 하려고 했는데 스님이 오늘 복을 만났어. 내 무엇을 시주할까?"

그러고는 잠시 후 유기(鍮器, 놋쇠로 만든 그릇)가 있는데 괜찮으냐고 물어봅니다. 스님 처지에선 황송할 따름이죠. 예나 지금이나 유기는 비싸거든요. 홍은 따라오라고 합니다. 가는 도중에 잠깐 주막에 들러 목이나 축이고 가자고 하지요. 술상에 푸짐한 안주를 시켜놓고는 연거푸 열 잔이나 들이켭니다. 그리고 주머니를 만지작거리다가 한마디 하지요. 집에서 나오면서 깜빡 술값을 잊고 왔는데 가서 곧 갚을 테니 좀 빌리자고요.

동구 흐미, 시주받은 돈으로 내라는 소리네요.

쌤 스님 생각엔 그래도 남는 장사입니다. 유기라잖아요, 유기. 그렇게 가면서 술집에 들르고 또 들릅니다. 서너 차례 들락거리는 동안 바랑(승려가 지고 다니는 자루 주머니)에 담긴 돈은 바닥났지요. 술집을 나와 걸으며 홍은 말합니다.

"유기가 오래된 물건이야. 사람들이 혹 막을지 몰라. 잘 가져가야 할걸."

"주시는 건 시주님에게 달렸고 가져가는 건 중에게 있습죠. 것도 잘 못하겠습니까?"

"그래, 사람이란 무슨 일에나 눈치가 있어야 하는 법일세."

"소승은 이와 같이 반평생을 보낸 사람이라 남은 거라곤 눈치밖에 없습죠."

"그래. 스님, 유기가 원체 커. 자네 무슨 힘으로 가져가지?"

"크면 클수록 좋지요. 주시기만 한다면야 만근이라도 무엇이 어렵겠습니까?"

나정 뭔가 알 듯 말 듯한 의미가 담겨있네요.

쌤 자, 다리를 건너고 홍은 한마디 합니다. "스님, 유기가 저기 있어. 잘 가져가야 하네." 그러고는 부채로 동쪽 거리에 있는 뭔가를 가리킵니다. 자세히 보니 종각 속에 인정종이네요.

붕이 켁.

쌤 중은 이걸 보고 한참을 멍하니 서있다가 달음질쳐 사라집니다. 홍은 어슬렁거리며 유유히 사라지지요. 자, 세 가지 에피소드를 모두 살펴봤습니다. 일단 이홍이란 사람에게 어떤 느낌이 드나요?

나정 사기꾼이긴 하지만 음…, 그래도 악인까지는 아닌 거 같아요.

동구 맞아, 나쁜 짓을 안 한 건 아닌데 왠지 밉지만은 않네.

쌤 네, 다들 비슷할 겁니다. 왜일까요? 원래 악이란 선에 해를 가했을 때 느껴집니다. 〈이홍전〉에 등장하는 피해자들은 기생, 아전, 중으로 각각 성욕, 정치, 종교를 의미하는데요, 이들은 공통점이 있어요. 바로 돈입니다. 다들 비도덕적으로 물질을 추구하고 노력 없이 큰 대가를 얻으려 욕심을 부렸지요.

기생의 경우를 볼까요? 그녀는 홍을 거상으로 판단해 어떻게든 돈을 우려내려고 안달이 났었지요. 자존심과 오만한 태도를 버리고 돈 앞에 비굴하게 아양 떠는 모습을 우리는 보았습니다. 아전은요? 자기 돈도 아닌 공금을 이용해 고리대금업을 한 겁니다. 돈 좀 벌어보겠다고 말이지요. 백성으로부터 악착같이 거둔 것을 자기 배를 불리고자 가져다 쓰는 지배층의 모습이 보입니다. 스님은요? 종일 나무아미타불 외쳐서 사흘간 고작 이백 푼 벌었다는 홍의 말에 어떤 항변도 없이 순순히 수긍합니다. 제대로 된 종교인이라면 그 말에 동의하지 않겠지요. 스님에게 시주란 숭고한 종교적 가치를 떠난 이해타산적 행위였습니다. 즉, 그는 믿음을 파는 타락한 종교인이었던 셈이죠.

붕이 와, 듣고 보니 정말 그러네요.

민지 근데 더 큰 문제는 그런 사회잖아요?

붕이 ?

민지 돈만 밝히는 사회. 여기 나온 기생, 아전, 스님 같은 사람이 요즘은 없을까? 길거리에 솟은 간판들만 봐도, 뉴스만 봐도 훨씬 더 많아 보이는데? 지금은 아예 노골적이잖아.

쌤 아주 예리한 지적이군요. 훌륭합니다. 작품을 통해 현대사회를 읽어내는 눈을 지니고 있네요.

민지 호호, 칭찬받으니까 기분 좋네용. 그것도 훈남 쌤한테 말이에요.

나정 어머, 웬일이야.

쌤 자, 작가는 물질 만능 사회에서 도덕성을 잃은 타락한 인간들을 보여줍니다. 이홍은 그들에게 어떻게 접근했을까요? 영화 〈범죄의 재구성〉에 나오는 대사가 문득 떠오르네요.

"걸려들었다. 지금 이 사람은 상식보다 탐욕이 크다. 탐욕스러운

사람, 세상 물정을 모르는 사람, 반대로 세상 물정을 잘 안다고 잘
난 체하는 사람. 모두 다 우릴 만날 수 있다. 사기는 테크닉이 아니
다. 사기는 심리전이다. 그 사람이 뭘 원하는지, 그 사람이 뭘 두려
워하는지 그것만 알면 된다."

어떤 의미에서 이홍은 악인을 벌하는 악인이라고 할 수 있겠네
요. 이것으로 악인을 모두 마칩니다. 다음 시간에 영웅으로 만
나지요.

붕이 감사합니다.

쌤의 한마디 ⭐

'피해자'라는 단어는 우리에게 연민과 동정을 불러일으킵니다. 그러나
이 작품에서 사기를 당한 이들에겐 그런 마음이 느껴지지 않습니다. 이
들은 물질적 이익을 위해 도덕과 규범, 믿음을 저버린 인물들이기 때문
이지요. 이홍은 통쾌한 사기극을 통해 그들을 혼내줍니다. 그가 밉지만
은 않은 이유지요.

작품 돋보기

〈이홍전〉,
천하를 속이는 자는 천하의 임금이 된다

〈이홍전〉은 조선 후기 이옥(1760~1815)이 지었으며 친구 김려가 펴낸 『담정총서』에 실렸습니다. 서울에 사는 사기꾼 이홍의 사기 행각을 삽화식으로 그려내지요.

　　이 작품에서 눈에 띄는 것은 이홍이 사기를 친 후의 모습입니다. 첫 번째 에피소드에서 기생 아범을 속였을 때 홍은 거짓말하고 몰래 도망칩니다. 두 번째 에피소드에서 아전을 속였을 때는 홍이 그를 문밖으로 쫓아내지요. 마지막 에피소드에서는 오히려 스님이 도망치고 홍은 유유히 걸어갑니다. 인물들에 대한 이홍의 지배력이 점점 높아짐을 알 수 있지요. 사기 친 사람보다 사기당한 사람이 더욱 부끄러워하는 모습도 엿볼 수 있고요.

　　이 작품은 당시 사회 모습을 적나라하게 드러냅니다. 물질 만능주의, 과거제도의 문란, 아전의 부정부패 등을 말이지요. 이홍 같은 자가 활개 치는 사회는 법과 도덕이 제대로 선 올바른 사회라고 보긴 어렵겠지요. 그래서일까요? 작가는 아래와 같은 말로 작품을 매듭짓습니다. 위로는 임금부터 아래로는 이홍까지 남을 속이는 자가 넘치는 당시 사회에 대한 날카로운 비판이지요. 무릇 새겨들을 만한 구절입니다.

외사씨(外史氏, '사관이 아닌 사람'이라는 뜻으로 작가를 의미함)는 이렇게 말한다. 큰 사기는 천하를 속이고, 그다음은 임금이나 정승을 속이고, 또 그다음은 백성을 속인다. 이홍 같은 속임질은 하질이니 족히 시비할 것도 없겠다. 그런데 천하를 속이는 자는 천하의 임금이 되며, 그다음은 자기 몸을 영화롭게 하며, 그다음은 집을 윤택하게 한다. 이홍 같은 자는 속임질로 마침내 법망에 걸려들었으니 남을 속인 것이 아니고 실은 자신을 속인 셈이다. 슬프다.

네 번의 결혼 후 남은 건
병신이 된 아이뿐이라

〈덴동어미화전가〉

쌤 반갑습니다. 여러분, 덥죠? 벌써 여름이네요. 오늘부터 새로
시작할 주제는 영웅입니다. 여러분에게 영웅은 누구인가요? 생
각나는 사람 있으면 말해볼래요?

나정 음…, 광개토대왕이나 세종대왕이요. 제가 국사를 좋아해요.

붕이 이순신 장군이요. "나의 죽음을 적에게 알리지 마라." 두둥.

나정 오늘은 여친 안 왔네?

붕이 어, 오고 싶은데 오늘 일이 있다고 해서. 다음에 시간 될 때 또
온대.

나정 아무튼 정말 여친이 있을 줄이야. 허, 굼벵이도 구르는 재주가
있다더니.

붕이 너 지금 날 굼벵이에 비유하는 거냐?

나정 아니, 그런 의미는 아니고. 암튼 축하해. 잘해봐.

붕이 흥, 걱정하지 마셔.

동구 쌤, 질문이 있는데요. 오늘 배울 작품이 〈덴동어미화전가〉라고 쓰여있는데, 이게 영웅에 들어가는 거 맞나요? 혹시 다른 작품 아닌지?

쌤 하하, 동구는 이 작품을 아나 보네요.

동구 네, 전에 배운 적이 있어요.

쌤 좋습니다. 다만 이 작품을 배운 학생은 많아도 정작 내용 전체를 읽어본 경우는 드물더라고요. 소설이 아닌 가사인데도 분량이 상당히 길거든요. 그래서 보통 일부분만 배우고 전체 줄거리 요약 정도만 읽어보는 실정이지요. 그러나 그렇게 해선 작품의 묘미를 느낄 수 없어요. 쌤이 이 작품을 영웅의 첫 번째로 정한건 그만한 이유가 있어서입니다. 일단 들어가 볼게요.

동구 넵.

쌤 화전놀이란 꽃이 피는 봄날에 여성들이 모여 진달래 화전을 부쳐 먹으며 노는 풍습인데요, 조선 시대 여성은 현재와 많이 달랐답니다. 지금처럼 학교에 다니는 것도, 관직에 나아가는 것도 당시에는 힘들었지요. 친구가 보고 싶거나, 가족이 보고 싶어도 맘대로 집 밖으로 나다닐 수도 없었고요. 그렇다고 요즘처럼 전화나 컴퓨터가 있는 것도 아니었지요. 나정이는 삼 주

동안 스마트폰이나 텔레비전 없이 집에서만 살라고 하면 어떨 것 같아요?

나정 켁, 어떻게 살아요?

쌤 그러나 조선 시대 여인들은 그렇게 삼십 년을 살기도 했습니다. 여인의 일생은 집 안이라는 경계를 벗어나기 힘들었지요. 그런 여인에게 화전놀이는 공식적인 외출 기회였습니다. 그것도 같은 처지의 여인들끼리 말이지요.

붕이 엄청 신났겠네요.

쌤 마치 여러분이 수학여행 가는 기분이었겠죠. 들뜬 마음에 새벽부터 일어나 꽃단장하고 이것저것 먹을 것을 챙겨서 분주하게 출발합니다. 잠깐 볼까요?

청실홍실 감아 들고 눈썹을 그려 내니
가는 붓으로 그린 듯이 아미 팔 자 어여쁘다.
광월사 치마 분홍 밑단 툭툭 털어 둘러 입고
머리는 곱게 빗어 잣기름 발라 손질하고

나정 요즘으로 치면 무슨 소개팅 나가는 것 같네요. 호호.

쌤 그렇죠? 그곳에서 여자들은 노래도 부르고 춤도 춥니다. 아마 까다로운 시어머니나 미련한 남편 흉도 보며 실컷 깔깔거렸겠지요. 그런데 그중에 한 여인이 눈물 콧물 질질 짜며 엉엉 우네요. 아니, 이렇게 좋은 날에 왜 저럴까요? 이유를 묻자 여인은 사연을 이야기합니다.

> "나 열네 살에 시집올 때 청실홍실 늘인 인정
> 헤어지지 말자 맹세하고 백 년이나 살자더니
> 겨우 삼 년 동거하고 영원토록 이별하니
> 임은 겨우 십육 세요 나는 겨우 십칠 세라."

동구 아, 어린 나이에 남편을 잃었나 보네요.

쌤 그래요. 죽은 남편 생각에 슬픔이 몰려왔답니다. 잠이나 자주 오면 꿈에서나마 만나겠지만 그러지도 못한다며 자기 팔자를 한탄하지요. 또, 개가(改嫁, 새로 시집감)해야 할지 말아야 할지 모르겠다고 하네요.

붕이 흠, 그래도 열일곱 살에 과부라니…. 얼른 재혼하는 게 낫지 않나?

쌤 자, 그러자 그녀 옆에 있던 덴동어미가 제 기구한 삶을 이야기해줍니다. 이 세상에 자기 이야기만큼 진솔한 이야기는 없잖아요? 한 편의 영화와 같은 인생 이야기를 들어보지요. 그녀는 본디 순흥 읍내 이방의 딸입니다. 열여섯 살에 장 이방 집 아들에게 시집가지요. 남편이 준수하고 비범해 보이는 게 무척이나 마음에 듭니다.

나정 아, 이방 집 딸과 아들이 결혼한 셈이네요. 아무튼, 남편이 잘
생겼다니 좋았겠네요.

쌤 그래요. 그러나 비극은 예측할 수 없이 우리에게 다가오지요.
사랑하는 남편이 단옷날 그네를 타다 줄이 끊어지면서 떨어져
죽습니다. 놀이터에 있는 그네를 생각하면 안 돼요. 옛날 그네
는 높은 나뭇가지에 매달아 놓았으니까요. 그녀는 밤낮으로
통곡합니다.

호천통곡 슬피 운들 죽은 낭군 살아올까.
한숨 모아 바람 되고 눈물 모아 강물 된다.

신혼의 어린 나이에 과부가 된 모습을 보니 주변에서도 안타깝
지요. 시부모는 그녀를 친정으로 돌려보냅니다. 그리고 부모가
개가를 주선해 이방의 아들인 이승발의 후취(첫 아내를 잃고 새로
운 아내를 맞이하는 것)로 들어가지요. 그래도 가세가 넉넉한 집안
이었습니다. 새로운 사또가 부임하기 전까지는요.
이포吏逋라고 이방들이 공금을 가져다 사적으로 쓰는 돈이 있었
습니다. 당시에 사회적으로 큰 문제가 되었지요. 새로 온 사또
는 이것을 들춰내 모두 갚도록 엄명을 내립니다. 남편 집안도
피해갈 수 없었어요. 그러면서 집안이 몰락하고 빚더미에 나앉
습니다. 게다가 시아버님은 매를 맞아 세상을 뜨고 시어머니 역

시 화병으로 쓰러져 줄초상이 나지요. 한때 스무 명의 노비를 거느리던 위치에서 이젠 남의 집 건넌방에 빌붙어 사는 초라한 처지로 전락합니다.

동구 인생무상이네요.

쌤 그녀는 밥이라도 빌어먹으려고 이웃 집도 가고 친척에게도 가봅니다. 과연 어떨까요?

일가친척은 나을까 하고 한 번 가고 두 번 가니
두 번째는 눈치가 다르고 세 번째는 말을 하네.
우리 덕에 살던 사람 그 친구를 찾아가니
그리 여러 번 안 왔건만 안면박대 바로 하네.

인심은 흉흉해요. 이미 세상은 그들에게 등을 돌렸습니다. 남편은 가슴을 치며 통곡하지요. 그런 남편에게 그녀가 말합니다.

"서방님아 서방님아 울지 말고 우리 둘이 가다 보세.
이게 다 없는 탓이로다. 어디로 가든지 벌어보세."

나정 그래도 꿋꿋하네요. 어디로든 가서 벌겠다고 하니까요.

쌤 한때 중인 신분의 부잣집 부부가 이제는 거지로 전락했습니다. 그래도 목숨이 붙어있는 이상 살아가야겠지요. 부부는 유리걸

식하며 경주에 있는 한 군노軍奴의 집까지 오게 됩니다. 군노란
군대 사무를 보던 노비인데요, 그 집 안주인이 부부의 행색을
딱히 여겨 더부살이를 제안합니다. 그 집에서 남편은 군노의 심
부름을 하고, 아내는 부엌일을 도맡아 하면서 먹고살겠느냐고
요. 게다가 약간의 품삯도 준답니다. 안주인의 제안을 받은 여
인은 남편과 의논하겠다고 합니다. 아내의 말을 들은 남편은
눈물을 흘리며 말하지요.

"이 사람아 내 말 듣게. 임상찰의 따님이요 이상찰의 아들로서 돈도
돈도 좋지마는 내사 내사 못하겠네. 그런대로 다니면서 빌어먹다가
죽고 말지. 아무리 신세가 곤궁하나 군노 놈의 심부름꾼 되어 한 수
만 까딱 잘못하면 무지한 욕을 어찌 볼꼬. 내 심사도 할 말 없고 자
네 심사 어떠할꼬."

동구 아, 자존심도 자존심이지만 마음 아파 못 하겠다는 게 공감 가
네요. 마지막에 '당신 마음이 어떠할까'라는 말이 애절하네요.
쌤 그래요. 그러나 여자는 강합니다. 훨씬 현실적이고요. 살려면
궂은일도 악착같이 해야겠지요. 그녀도 울며 말합니다.

"어찌 생전에 빌어먹소. 사나운 개가 무서우나 뉘가 밥을 좋아 주
나. 밥은 빌어먹으나마 옷은 뉘게 빌어입소. 서방님아 그런 말 말고

이전 일도 생각하게."

그들은 안주인에게 말합니다. 하겠다고요. 그날로 여인은 행주치마를 걸치고 부엌에 들어앉아 접시를 닦습니다. 석 자 수건을 머리에 두른 남편 역시 마당을 쓸고 소죽을 쑤지요. 평생 한 번도 해보지 않았던 일을 살아남으려고 합니다. 악착같이 일해 품삯 받은 것도 일수(日收, 날마다 타인에게 이자를 받고 돈을 빌려주는 짓)를 놓아 차곡차곡 불려갑니다. 이렇게 삼 년 동안 벌써 만 냥 가까이 모았네요. 이제 알뜰히 받아내기만 하면 됩니다. 하지만 불운은 행복의 문이 열리기 직전 우리를 찾아오곤 하지요. 삶의 비극이 또 한 번 시작되는 순간입니다.

붕이 아, 또 무슨 일이….

쌤 온 마을에 괴질이 돕니다. 여인은 병들었다가 사흘 만에 깨어나지요. 마을 사람이 다 죽고 살아난 이는 몇 없습니다. 옆에 있던 남편도 차갑게 식어 있네요.

애고 애고 어쩔거나 가엾고도 불쌍하다. 서방님아 서방님아 아주 벌떡 일어나게. 나만 하나 이곳 두고 죽단 말이 웬 말인가. 죽어도 같이 죽고 살아도 같이 살지. (…) 전생에 무슨 죄로 이생에 이러한가. 금도 돈도 내사 싫어 서방님만 일어나게.

아내는 시신을 부여잡고 울다가 기절합니다.

나정 어머, 어떡해.

쌤 남편뿐만 아니라 돈을 빌려준 사람들도 모두 죽었습니다. 이젠 받아낼 길도 없지요. 삼 년간의 갖은 고생 끝에 남은 건 초라하게 늙은 자기 몸뚱이뿐입니다. 죽으려 애를 써도 산목숨 못 끊는다며 한탄하지요. 어찌합니까? 산 사람은 살아야지요. 다시 방황하기 시작합니다.

그녀는 울산에 이르러 황 도령을 만납니다. 슬픈 얼굴은 다른 슬픈 얼굴을 알아보나 봅니다. 운명적으로 서러운 삶을 살아온 그들이 나누는 첫 대화가 인상적입니다.

"여보시오 저 마누라 어찌 그리 설워하오?"
"하도나 신세 곤궁키로 이내 마음 비참하오."
"아무리 곤궁한들 나처럼이나 곤궁할까?"

황 도령의 사연도 구구절절합니다. 귀한 자식으로 태어났지만, 어려서 부모와 친지를 모두 잃고 십 년간 남의 집 머슴살이를 했지요. 그간 모은 품삯으로 참깨 장사를 하려 했지만, 배가 풍랑을 만나 모든 걸 날리고 겨우 목숨만 건집니다. 그래도 살려고 남은 몇 푼으로 도붓장수(이리저리 돌아다니며 물건을 파는 일)를 하며 근근이 목숨만 연명하고 있었지요.

동구 이 사람도 참 딱하지만, 그래도 의지가 있네요.

쌤 동병상련이란 말이 있지요. 아픈 사람은 아픈 사람에게 공감하는 법입니다. 황 도령은 말합니다. 서른 넘은 노총각과 서른 넘은 과부 신세가 가련한데, 이런 사람끼리 같이 늙으면 어떻겠느냐고요. 앞의 두 남편은 큰 부자에 번듯한 살림살이를 지녔지만 패가망신했지요. 그러나 이 사람은 죽을 고비를 넘겼으니 이제 더는 슬픈 일이 없을 것 같습니다. 그러길 바라야죠. 여인은 황 도령의 손을 잡으며 말합니다. "우리 서로 불쌍히 여겨 허물없이 살아보세."

나정 애틋하네요.

쌤 그들은 함께합니다. 남편은 사기그릇을 팔러 골목마다 외치고, 아내는 광주리를 이고 집마다 다닙니다. 그러나 여기저기 다니면서 돈 좀 모을라치면 둘 중 하나는 병이 나고, 병치레 약수발 하다 보면 주머니에 남는 건 아무것도 없어요. 그렇게 십 년을 보내니 목은 자라목 되고 발가락은 무지러집니다. 그래도 어쩌나요? 살아가야지요.

어느 날 그들은 산 밑의 주막에 잠시 묵습니다. 여인은 옆 동네에 사기 몇 그릇이라도 더 팔려고 잠깐 나서지요. 그런데 후두둑 비가 쏟아지더니 곧이어 천둥이 치며 소나기가 내립니다. 그러고는 뒷산이 무너지며 주막이 쓸려 가버리지요.

붕이 이런…, 세상에….

쌤 순식간에 벌어진 일이었습니다. 여인은 어안이 벙벙해 눈물도 나오지 않지요. 그녀는 하염없이 읊조립니다.

주막에 있었더라면 같이 따라가 죽을 것을.
먼저 괴질에 죽었더라면 이런 일을 아니 볼걸.
억장이 무너져 기막힌다.
죽었으면 좋았을 것을 산목숨이 못 죽을레라.

동구 진짜 불쌍하네요. 제 옆에서 흐느끼는 것 같아요.

쌤 아무것도 먹지 않고 굶어 죽으려는 그녀 곁으로 누군가 다가옵니다. 바로 주막집 여주인이었죠. 주인댁 역시 운 좋게 살았나 봅니다. 삶을 포기하려는 그녀에게 주인댁은 말합니다.

"죽지 말고 밥을 먹게. 죽은들 시원할까.
죽으면 쓸 데 있나 사는 것만 못하니라.
저승을 누가 가 봤는가? 이승만은 못하리라.
고생이라도 살고 보지 죽고 나면 말이 없네.
팔자 한 번 또 고치게.
세 번 고쳐 곤한 팔자 네 번 고쳐 잘 살는지.
세상일은 모르나니 그런대로 살아보게."

나정 그래도 저렇게 말해주는 게 위안이 될 듯하네요.

쌤 그래요. 따뜻하게 건넨 말 한마디는 절망의 늪에서 빠져나오는 힘이 됩니다. 주인댁도 산사태로 큰 손해를 보았을 텐데 여인의 고통에 공감하며 위로해주는 모습이 가슴 찡하지요. 어쩌면 이 것이 우리네 선조가 살아가는 방식이었을 겁니다.

여인은 주인댁의 진심 어린 위로에 마음이 어느 정도 누그러듭 니다. 주인댁은 그녀에게 뒷집에 사는 조 서방이란 영감을 소개 해주지요. 같은 가련한 처지끼리 팔자 고쳐서 행복하게 살라고 요. 그는 저번 달에 아내를 잃고 쓸쓸하게 혼자 살고 있었습니 다. 비록 이곳저곳 떠도는 엿장수에 불과하지만, 착실하고 아 내에게도 잘하지요. 그렇게 삼 년을 살다가 태기가 있고 열 달 후 여인은 아이를 낳습니다. 영감도 여인도 나이 쉰에 첫아들입 니다. 얼마나 기쁜지 덩실덩실 저절로 춤까지 춰집니다.

둥기둥기 둥기야 아기둥기 둥기야.

금자동아 옥자동아 섬마둥기 둥둥기야.

부자동아 귀자동아 놀아라 둥기 둥둥기야.

안자아 둥기 둥둥기야 서거라 둥기 둥둥기야.

궁둥이 툭툭 쳐보고 입도 쪽쪽 맞춰보고

그 자식이 잘도 났네. 인제야 한번 살아보지.

붕이 너 우냐?

나정 조용히 해. 흑흑.

쌤 아이를 바라보는 여인의 심정은 어땠을까요? 정말 오랜만에 느끼는 행복이었을 겁니다. 이것이 죽을 때까지 간다면 참으로 더 바랄 게 없겠지요. 그러나 또다시 모든 걸 앗아갈 비극적인 일이 벌어집니다. 예전에는 엿을 만들 때 큰 솥에다 찹쌀과 기름 등을 넣어 푹 고았는데요, 여러 날 엿을 고다가 집에 그만 불이 난 겁니다. 이 불로 남편은 죽고 아이는 병신이 됩니다. "엉아, 엉아…." 아파서 우는 아이의 한 손은 오그라져 조막손이 되었고, 한쪽 다리는 장채다리(구부렸다 폈다 하지 못하는 다리)가 되었지요. 작품 제목인 '덴동어미'는 바로 '(불에) 덴 아이의 어머니'라는 뜻입니다.

동구 남편 넷을 보내고 남은 건 병신이 된 아이밖에 없는 상황이라니…, 너무나 안쓰럽네요.

쌤 그래요. 그녀는 아이를 업고 고향으로 향합니다. 사십여 년 만에 귀향이지요. 고향은 변한 지 오래입니다. 가족도 친지도 없고 집터도 쑥대밭이 되었지요. 그녀는 마을 사람들의 도움을 받아 그곳에 정착해 여생을 보냅니다. 새하얀 머리의 꼬부랑 할머니가 된 그녀는 화전놀이에 엿 한 고리 이고 가서 신명 나게 놀지요. 어쩌면 평생의 한을 씻어버리려고 그녀 스스로 그렇게 했는지도 모릅니다. 그곳에서 한 청춘과부가 자기 신세를

111

슬퍼하자 그녀를 위로하고자 자기 이야기를 들려준 것이지요.

붕이 정말 길고도 슬픈 사연이네요. 근데 쌤, 그녀가 왜 영웅이에요?

쌤 동구가 알 것 같다는 표정을 지었는데 한번 말해볼래요?

동구 음, 그녀는 이 어려운 상황에서 포기하지 않았어요. 좌절하거나 도망치지 않고 어떻게든 살아보려고 최선을 다했고 끈질기게 살아냈지요.

쌤 좋습니다. 덴동어미의 말을 잠깐 들어볼까요?

> 내 팔자가 사는 대로 내 고생이 내닫는 대로 좋은 일도 그뿐이요 그른 일도 그뿐이라. (…) 마음 심心 자가 제일이라. 단단하게 맘 잡으면 꽃은 절로 피는 거요, 새는 여사 우는 거요. 달은 매양 밝은 거요, 바람은 일상 부는 거라.

여러분, 인생이 늘 합리적이지만은 않아요. 생각대로 다 되는 것도 아니고요. 산다는 건 이것을 제대로 인식하는 것부터 시작합니다. 그녀는 깨닫지요. 죽고 사는 건 사람의 뜻대로 되지 않는다는 것, 그러니 아무리 힘들더라도 어쨌든 살면서 견뎌야 한다는 것, 그렇게 살다 보면 또 좋은 날이 올 수도 있다는 걸 말이에요. 그렇기에 비록 삶이 고통스러울지라도 우리에게 중요한 것은 마음이라고요.

영웅은 왠지 크고 위대한 업적을 남긴 인물이라는 느낌이 있는데요, 꼭 그런 업적이 아니더라도 삶의 역경에 굴하지 않은 덴동어미와 같은 인물이 진정한 영웅 아닐까요? 쌤은 이러한 여인을 '작은 영웅'이라 부르고 싶네요. 오늘 수업은 이것으로 마칩니다.

나정 감사합니다.

쌤의 한마디 ⭐

"흔들리지 않고 피는 꽃이 어디 있으랴." 도종환 시인의 시 한 구절이 떠오릅니다. 고통 없는 삶은 없습니다. 가난, 이별, 죽음 등은 늘 우리 곁에 도사리고 있지요. 그것이 우리 앞으로 다가올 때 어떻게 해야 할까요? 머리를 숙이고 무릎을 꿇어야 할까요? 혹은 뒤로 도망쳐야 할까요? 덴동어미는 말합니다. "운명아, 다가오너라!"라고요.

〈덴동어미화전가〉,
운명이라는 삶의 굴레에서 희망을 노래하다

〈덴동어미화전가〉는 작자·연대 미상의 가사입니다. 덴동어미의 비극적인 일생을 액자 구성으로 그려내지요. 경북 순흥의 마을 여인들이 비봉산에 모여 화전놀이를 즐기던 중 한 청춘과부가 신세를 한탄하면서 개가할 뜻을 비칩니다. 그러자 덴동어미가 기구한 팔자를 들려주며 개가하지 말고 주어진 운명대로 살라고 설득하지요. 청춘과부는 마음을 고쳐먹고 노래를 부르며 즐거운 마음으로 화전놀이를 끝낸다는 내용입니다.

이 작품에서 눈여겨볼 것은 삶을 바라보는 덴동어미의 시각입니다. 덴동어미는 모든 것은 팔자소관이라는 말을 합니다. 즉, 그녀는 인간이란 운명에서 벗어날 수 없다는 운명론적 관점을 지니고 있다고 볼 수 있지요.

> 엉송이 밤송이 다 쪄 보고 세상의 별 고생 다 해봤네.
> 살기도 억지로 못 하겠고 재물도 억지로 못 하겠네.
> 고약한 신명도 못 고치고 고생할 팔자는 못 고치네.
> 고약한 신명은 고약하고 고생할 팔자는 고생하지.

고생대로 할 지경엔 그른 사람이나 되지 말지.

　　그러나 우리는 그 말의 의미를 생각해보아야 합니다. 운명에서
벗어날 순 없다고 해서, 그것을 변명 삼아 사는 데에 최소한의 노력
도 기울이지 않는지를요. 덴동어미는 어떻게든 끈질기게 살아왔고,
지금도 꿋꿋이 살아갑니다. 그녀가 갖은 고생을 하면서도 이렇게 살
수 있는 건 삶에 대한 희망의 끈을 놓지 않았기 때문입니다. 그녀는
우리에게 말하고 싶을 겁니다. 어떤 절망적 상황에서도 이 희망의 끈
을 놓지 말라고요. 그래야만 삶의 주인으로서 운명을 받아들일 수 있
다고요.

나를 눈이 박힌 고깃덩어리라고
생각하지 말아주세요

〈영이록〉

붕이 쌤, 질문이 있어요.

쌤 말해봐요.

붕이 쌤은 어떤 책을 좋아하세요?

쌤 하하, 갑자기 왜 묻지요?

붕이 쌤은 책 많이 읽으실 것 같은데요, 무슨 책 좋아하실지 그냥 궁
금해서요.

쌤 음, 글쎄요. 쌤은 이야기를 좋아하는 편이라 문학을 즐겨 읽고
요, 그 외에도 역사, 정치, 사회과학 등 딱히 가리지는 않는 편
이에요. 붕이는 어떤가요?

붕이 아, 전 판타지요, 판타지. 『해리 포터』짱.

나정   그래, 딱 네 수준이다.

붕이   야, 판타지가 얼마나 재미있는데?

쌤   그럼 나정이는 어때요?

나정   전 외국의 고전 명작을 좋아해요. 음, 예를 들면 『폭풍의 언덕』
이나 『제인 에어』 같은 소설이요. 여자라면 꼭 읽어야 할 소설
이지요.

쌤   흠, 그렇군요. 동구도 물어볼까요?

동구   저는 마키아벨리의 『군주론』이나 루소의 『에밀』 같은 고전을
좋아해요. 세상을 보는 눈을 키울 수 있거든요.

쌤   그런가요? 좋아하는 책들을 들으니 여러분 각자의 특성을 알
수 있네요. 읽는 책을 보면 그 사람을 알 수 있다는 말이 정말인
가 봅니다. 쌤이 하고 싶은 말은 '어떤 것도 좋다.'예요. 요즘 학
생들을 보면 정말이지 책을 읽지 않지요. 어떤 책이든 좋아요.
일단 뭐든지 읽기 바랍니다.

나정   정말 그래요. 주변을 보면 책 읽는 친구들이 진짜 없어요. 취미
는 다들 독서라고 하는데 정작 책은 없는 것 같아요.

쌤   그래요. 참 문제예요. 여러분은 그렇지 않길 바랍니다. 어떤 장
르의 책이든 상관없어요. 편식이 좋지 않듯이, 책도 다양한 분
야를 접해보길 권합니다. 판타지도 마찬가지예요. 오늘 함께
할 〈영이록〉은 판타지물이라고 봐도 됩니다. 꽤 재미있어요.
함께 볼까요?

붕이 으히히, 넹.

쌤 중국 송나라 때 재상인 손일원이 있었습니다. 어진 성품을 지닌 그는 임금을 도와 나라를 다스렸지요. 하늘의 옥황상제가 내려다보니 송나라가 태평스럽고 백성도 행복해합니다. 여기엔 재상인 손일원의 공이 컸지요. 옥황상제는 크게 기뻐하며 청령 별의 정령을 그의 아들로 내려줍니다.

어느 날 재상 부부는 하늘에서 큰 별이 떨어져 침실로 들어오는 꿈을 꿉니다. 그 뒤 부인이 임신해 손기라는 남자아이를 낳지요. 특이한 점이 있었는데요, 보통 아이가 열 달 만에 태어나는데 그는 열네 달이나 엄마 배 속에 있다가 태어나요.

동구 희한하네요.

붕이 그러게. 요즘 같으면 제왕절개로 쏙 하고 꺼낼 텐데.

나정 야, 너는 좀 말을 가려서 해라. 무식하게 그런 소릴 꼭 해야겠니?

붕이 왜? 나도 제왕절개로 태어났단 말이야.

나정 어휴.

쌤 자, 별의 기운을 받은 아이라면 응당 비범한 모습을 보였겠지요? 고구려를 세운 주몽이 활을 쏴 모기를 잡은 것처럼 말이에요. 그러나 손기에게 그런 모습은 보이지 않습니다. 아이는 키도 작고 거무튀튀한 데다 자주 병에 걸려 비실거립니다. 게다가 일곱 살 때까지 말도 못 하고 열 살 때까지 걷지도 못했어요. 그래서 모두 그를 바보 공자라 불렀고, 재상 부부도 아이를 보며 탄식만 했지요.

한편 참지정사 벼슬에 있는 형옥에게는 사남 칠녀가 있었는데
요, 하루는 일언 선생이라는 도사가 나타나 손기가 여섯 번째
딸 계아의 짝이라고 알려주지요. 도사가 얘기했는데 흘려들을
수 없겠지요? 형옥은 손일원을 찾아가 이야기를 나누고 결국
손기와 계아는 결혼합니다. 그러나 형옥의 집안사람 중 손기를
반기는 인물은 없습니다. 장모부터 시작해서 모든 형제가 그를
무시하고 조롱하지요.

붕이 아, 어쨌든 새로운 가족이 되었는데 잘해주지는 못 할망정 왕
따를 시키다니, 원.

쌤 웬 모자란 인물이 집안에 들어온 게 그들 입장에선 얼마나 꼴사
납게 보였을까요? 그리고 사람은 비교될 때에 더 두드러지는
법인데요, 형옥의 일곱 번째 딸 경아의 남편 후보로 소운성이란
인물이 거론됩니다. 얘는 요즘으로 치면 엄친아예요. 외모도
훤칠한 데다 학문과 재주가 뛰어나고 당당하니까요. 장모는 대
찬성입니다. 그녀의 말을 들어볼까요?

"제가 워낙 흐리고 아둔한 손 서방(손기)을 싫어하여, 눈이 박힌 고
깃덩어리 같은 사위를 원하지 않습니다. 오히려 소 공자(소운성)의
기운이 맹렬하다고 하니 더욱 제 마음에 듭니다."

나정 크크. 아, 근데 장모님이 너무하시네. 사위한테 눈이 박힌 고깃 덩어리라니….

쌤 그러게요. 그러나 소운성에게도 단점이 있습니다. 그는 오만해 요. 잘난 척이 심한 데다 남을 깔보길 좋아하지요. 겸손한 면이 라곤 도저히 없습니다. 아무튼, 그는 경아와 결혼하여 형옥 집 안에 들어오게 됩니다. 그런 그에게 공격할 만한 먹잇감이 딱 보이네요.

동구 손기겠지요.

쌤 그래요. 어쨌든 손기랑 소운성은 동서지간이잖아요? 물론 손 기가 위이지만요. 그러나 소운성에게 그런 건 안중에도 없습니 다. 출중한 능력으로 병부 상서까지 오른 그는 어리숙한 손기 를 아주 한심한 놈으로 쳐다보며 약 올려대지요.

하루는 배를 띄워놓고 집안 남자들이 모여 풍류를 즐기는데, 소운성이 시 짓기를 청합니다. 제대로 못 짓는 사람은 옆에 앉 은 기녀 얼굴에 먹을 칠하고, 강물 세 사발을 퍼서 마시기로요. 누굴 노린지 알겠지요?

나정 어머, 나쁜 놈이네.

쌤 자, 남자들은 모두 시를 짓지만, 구석에 웅크린 손기는 고개만 떨구네요. 그 모습을 본 소운성은 시 하나 제대로 못 짓는다면 서 손기 옆에 앉은 기녀 얼굴에 먹을 칠하도록 명하지요. 그리 고 강물을 떠서 손기에게 마시도록 권합니다. 손기가 꼼짝도

하지 않자 손기의 뒤통수에 물을 부으라고 기녀에게 명하네요.
이 상황에서 손기의 심정은 어땠을까요?

수모를 당한 손기는 백 마리 잔나비가 뛰노는 듯 가슴이 쿵쾅거렸
다. 하지만 한마디도 못하고 다만 자기도 모르게 원통한 눈물이 귀
밑으로 흘러내렸다.

동구 아, 불쌍하네요.

쌤 지렁이도 밟으면 꿈틀하잖아요? 아내의 식구들도 아닌 소운성
에게 저렇게 놀림을 당하니 손기도 마음속에 오기가 생겼나 봅
니다. 그래서 말도 없이 가출한 후 동악묘(산신을 모시는 묘)의 청
성관에 가서 수련하지요. 기억하나요? 주인공은 하늘이 점지
해준 인물이었던 걸. 그는 이곳에서 천서(天書, 하늘의 비결이 담긴
책)를 얻습니다. 그리고 6개월간의 노력 끝에 온갖 술법을 익히
지요. 물론 학문에도 능통하게 되었고요.

붕이 와, 그런 곳 있으면 나도 가서 배우고 싶다. 6개월 만에 마법 마
스터. 흐흐.

쌤 하하, 그래요. 환골탈태한 손기가 다시 돌아왔습니다. 이제 그
는 도사가 되었지요. 산산조각이 난 유리병을 입김 한 번에 원
상태로 만드는 등 그가 신기한 도술을 보여주자 가족이 모두
놀란 입을 다물 줄 모르네요. 한편, 그 사실을 몰랐던 소운성

은 손기를 희롱하다가 오히려 농락당하지요. 열 받은 그는 요괴를 베는 참사검으로 손기에게 보복하겠다고 난리입니다.

그러던 어느 날 소운성의 아들이 광대놀이를 구경하다 사악한 도사에게 혼을 뺏기는 일이 벌어집니다. 아이가 바들바들 떠는데 곧 죽을 것 같습니다. 아이를 고칠 방법이 없던 소운성은 손기에게 달려와 무릎을 꿇고 지난날의 잘못을 빌지요. 제발 자기 아들을 살려달라면서요. 여러분이라면 어떻게 할래요?

붕이 에헴, 일단 "형아"라고 불러봐, "형아"라고. 옳지. 그래, 그래. 좀 더 크게.

나정 어휴, 치졸하긴. 당연히 도와줘야지요. 아이 목숨이 위태로운데.

동구 저도 물론 도와주겠습니다.

쌤 어떻게 하는지 잠시 볼까요?

"큰 신선은 제가 애타게 근심하는 것을 구해주십시오."

소운성이 말도 채 끝내지 않고 다시 절을 올리며 빌고 또 빌었다. 손기는 처음에는 거절하려고 하였으나 뜻하지 않게 소운성이 거만한 태도를 버리고 지난 잘못을 빌며 간청하자, 작은 일에 얽매이지 않는 소운성의 기상이 마음에 들었다. 이에 슬쩍 웃으며 말하였다.

"전에는 그렇게 거만하게 굴더니 어찌 지금은 이토록 공경을 다 하시는가?"

말을 마치고는 급히 나아가 예를 올리고 맞아들였다.

122

"(…) 동서의 둘째 아들은 오래 살고 복을 오래도록 누릴 아이니 분명 무사할 것이네. 이제 잠깐 평안히 앉아서 내가 일을 처리할 때까지 기다리도록 하게."

그래도 손기는 대인배입니다. 과거를 용서하고 그의 아들을 구해주지요. 이 사건을 계기로 둘은 화해하고 서로 친해집니다. 이제 형옥의 집안이 모두 손기의 능력을 인정하지요.

자, 판타지 소설에 뭐가 필요하지요? 마법사의 주술이 난무하고, 괴물인 용도 나와야지요. 이번엔 정말로 용이 나옵니다. 나라에 업룡이 요사스러운 술법을 부려 왕이 병에서 일어나질 못합니다. 조정에서는 왕을 구할 인재를 찾지요. 때마침 소운성은 손기를 추천합니다.

붕이 크크, 진짜 용이 나오네요. 고전소설에 용이 나오는 건 처음 본 듯해요.

쌤 자, 그러나 이렇게 돌아가는 사태를 아니꼽게 보는 사람이 하나 있었습니다. 바로 장현정이라는 도사였지요. 원래 자기가 그런 역할을 해야 하는데 듣지도 보지도 못한 잡놈 하나가 와서 나라를 구하겠다고 하니까 얼마나 얄미울까요. 그는 과감하게 도전장을 내밉니다. "덤벼, 애송이."라면서요.

동구 크크크.

쌤 그러나 손기는 애송이가 아니에요. 이 둘은 술법 대결을 펼칩니

다. 두 도사 간에 화려한 마법이 난무하지요. 한번 보지요.

서편 건물을 따라 용호산 24대 대법사 장현정이 나왔다. 봉황의 눈썹, 옥 같은 얼굴에 세 갈래 수염이 바람에 휘날렸다. (…) 그리고 동편 건물로부터 새롭게 천사로 봉해진 손기가 걸어 나왔다. 범의 눈썹, 용 같은 눈, 거북의 등, 학의 어깨에 수염이 짧았다. (…)
장 천사가 입속에서 뭐라고 주문하자 난간가에 범 한 마리가 나타나 눈을 부릅뜨고 털을 세우고 발톱을 벌려 손기를 향하여 달려들었다. 사람들이 깜짝 놀라 소리치는데, 갑자기 기둥 위에서 금빛 용이 뿔을 세우고 비늘을 단단히 하고 내려와 범을 물더니 뜰에 내동댕이쳤다. 장 천사가 또 손에 들고 있던 홀(笏, 조선 시대에 벼슬아치가 임금을 만날 때에 손에 쥐던 물건)을 공중으로 솟구치며 던졌다. 그 홀이 높이 날아 공중에 떠서 흰 뱀이 되어 손기의 머리를 물려고 하였다. 그때, 손기가 손에 든 부채를 공중으로 던졌다. 부채는 곧 윗부분이 희고 아랫부분이 검은 학이 되어 그 뱀을 물고 장 천사 쪽으로 빗겨 내려앉았다.

붕이 무슨 영화의 한 장면을 보는 것 같네요.

쌤 그렇죠? 대결은 손기의 승리로 끝납니다. 경쟁자를 꺾었으니 이제는 용을 물리쳐야겠지요. 손기는 청룡, 백룡, 적룡, 황룡, 흑룡 이렇게 다섯 용을 차례로 불러냅니다. 그러고는 결국 업룡을 북방으로 쫓아내지요.

붕이 소환술까지…. 으음…, 부럽다.

쌤 용이 물러가자 임금은 쾌차합니다. 그리고 공을 세운 손기를 호국천사 위공에 임명하지요. 게다가 금오산에 천사부를 지어 국가의 기도를 주관하게 합니다. 손기가 임금의 스승이자 종교 수장에 오른 셈이지요. 이제는 그 누구도 그를 바보 공자라 부를 수 없습니다. 그의 부인인 계아도 위국부인에 봉해지지요. 부부는 50년간 부귀영화를 누리다가 수명이 다해 백학을 타고 선계로 돌아갑니다.

나정 결말도 환상적이네요. 백학을 타고 선계로 간다니까요.

쌤 그래요. 여기서 우리가 생각해볼 게 있습니다. 바로 영웅이 되기 위한 조건을요. 영웅이 되려면 무엇이 중요할까요? 각자 생각을 말해봐요.

동구 음…, 안주하지 않는 것? 현재 상태가 만족스럽든 그렇지 못하든 말이에요. 만약 손기가 소운성에게 모욕을 당하고도 그대로 머물렀다면 어쩌면 도사가 되지 못했겠지요. 끊임없이 자극받고 지금보다 나아지는 자세가 필요해요.

나정 영웅이 되려면 사람을 잘 얻어야 해요, 사람을. 자기를 괴롭히던 소운성을 받아들였기에 그를 통해 임금의 병을 고치도록 추천받았잖아요? 그리고 아내인 계아도 손기를 끝까지 믿어주었지요. 확실히 사람이 제일 중요한 것 같아요.

붕이 참을 인忍, 인내입니다. 영웅이 되려면 참아야 해요. 소운성이 놀렸다고 한밤중에 그의 방에 들어가 등에 칼침이라도 놓았다면…. 흐미, 끔찍한 결과를 낳았겠지요.

나정 어쩜, 생각하는 게 꼭 너답다.

붕이 나의 상상력은 끝이 없다고. 에헴.

쌤 하하, 다들 훌륭합니다. "시대가 영웅을 만든다."라는 말이 있지요? 혼란스러운 시대 속에 영웅이 탄생한다는 말인데요, 쌤은 이 말이 마음에 들지 않습니다. 어찌 보면 영웅은 어려운 환경이 되어야만 나타날 수 있다는, 수동적이고도 소극적인 의미로 해석되기 때문이에요.

시대보다 중요한 건 바로 자신의 태도입니다. 여러분이 말한 안주하지 않은 것, 사람을 얻는 것, 그리고 참는 것 모두 영웅이 갖추어야 할 필수적 요소지요. 손기는 이 모든 걸 지녔기에 영웅이 될 수 있었고요. 여러분도 할 수 있습니다. 모두 삶의 주인공이자 영웅이 되길 바랍니다. 수고했습니다.

동구 감사합니다.

이 시대에도 영웅은 있을까요? 물론입니다. 이들은 소설 속 주인공처럼 용을 소환하거나 도술을 펼치진 못하지만, 그 대신 가치 있는 삶을 살아가지요. 어려운 환경을 묵묵히 견디고, 나보다 먼저 남을 배려하며, 하루하루 정진하는 삶을 살아가는 모는 이를 우리는 영웅이라 부를 수 있습니다.

작품 돋보기

〈영이록〉,
세 번의 시련이 나를 성장하게 한다

〈영이록〉은 작품·연대 미상의 고전소설입니다. 주인공 손기의 시련과 극복이 잘 그려져 있지요.

이 작품에서 주인공은 세 번의 시련을 겪습니다. 먼저 동서인 소운성을 비롯한 처가 식구들의 조롱과 학대죠. 바보에 지체장애아였던 주인공이 영웅의 자질을 갖추기 전에 주변으로부터 무시당하던 모습을 생생하게 그립니다.

두 번째는 장 도사입니다. 용이라는 최종 목표를 앞두고 경쟁자와 대결한 거라고 볼 수 있지요. 이 대결에서 승리하면서 주인공은 실력을 인정받고 권위를 갖추게 됩니다.

마지막 시련은 바로 업룡과의 대결입니다. 영물인 용을 칼로 베고 북방으로 쫓아냄으로써 영웅적 업적을 이룩합니다. 참고로 〈최고운전〉이나 〈거타지설화〉 등의 고전문학에도 용이 등장합니다.

작가는 바보 공자였던 손기가 영웅이 될 수 있었던 원인에 주목합니다. 현실에 안주하지 않도록 '자극'이 필요하다고요. 우리도 새겨들음 직한 말입니다.

슬프다! 사마천이 말하기를 "사람이 자극을 받지 않으면 어찌 이루는 것이 있겠는가?" 하였는데 진실로 그러하다. 만일 손기가 변수 물 세 사발의 치욕을 받지 않았다면 어찌 오십 년 산중재상(산중에 은거하면서 나라에 중대한 일이 있을 때만 나와 일을 보는 사람)이 되었겠는가? 또, 계아가 한마디로 남편의 어리석은 것을 깨우쳐 굼벵이가 변하여 매미가 되고 메기가 변하여 용이 되게 하였으니, 이 어찌 어진 아내의 공이 아니겠는가? 이에 후세 사람에게 알리고자 계아의 덕을 기록한다.

너희가
소에게 먹히는 기분을 알아?

〈금우태자전〉

붕이 아, 배불러.

동구 아까부터 자꾸 배부르다고 하네. 뭘 그렇게 먹었는데 그래?

붕이 어제가 내 생일이었거든. 저녁에 부모님이랑 같이 외식 갔지.
고깃집 가서 한우 안심에 등심에 채끝살까지 정말 끝없이 먹었
다. 후아.

동구 도대체 얼마나 먹었는데?

붕이 음…, 정확하겐 모르겠는데 아마 두 근 정도 먹
었나?

나정 야, 두 근이면 8인분인데 설마 그걸 혼자서 먹었다는 거야? 헐,
대박. 너 인간이냐, 돼지냐? 근데 소를 먹는 돼지도 있으려나?

붕이 아, 왜 그래. 어제 무리해서 많이 먹었으니깐 오늘부터는 굶으면 되겠지. 근데 확실히 한우가 맛있긴 맛있더라.

쌤 아, 다들 와 있었군요.

나정 쌤, 얘가 어제 한우 8인분을 혼자 다 먹었대요. 인간이 맞는지 의심스러워요.

쌤 허, 대단하네요. 맛있었나요?

붕이 따봉입니다요, 쌤.

쌤 그래요. 붕이가 소고기를 먹었다니까 오늘 배울 작품과 딱 연결되네요. 물론 반대 상황이긴 하지만요.

동구 반대 상황이라면…?

쌤 그래요. 소가 사람을 먹은 거지요.

동구 허걱.

나정 꺅, 혹시 엽기 호러 아닌가요? 나정인 그런 거 무서운데.

쌤 하하, 아닙니다. 너무 심각하게 생각하지 않아도 돼요. 작품 제목인 〈금우태자전〉은 쇠 금金에 소 우牛 자로 '금송아지 태자'라는 뜻인데요, 어떤 내용인지 한번 볼까요?

　　서역 땅 파사국(페르시아)에 왕과 세 왕후가 있었습니다. 왕후는 차례대로 정덕후, 숭경후, 보만후였지요. 나라는 평안하고 세월은 태평스럽지만, 왕은 근심이 가득합니다. 대를 이를 자손이 없었기 때문이지요.

　　어느 날 궁궐이 무너지는 일이 벌어집니다. 깜짝 놀란 왕은 신하들을 모아 무슨 일인지 살펴보도록 하지요. 그때 한 신하가 말합니다. 국가에 재앙이 있으니 왕께서 삼 년 동안 처양산으로 가서 부처님께 공덕을 쌓아야 할 것 같다고요.

동구 켁. 삼 일도 아니고 삼 년이나요?

쌤 좀 길긴 길지요? 하지만 자식도 없는 데다 궁궐까지 무너지는 일이 발생하자 왕은 그 말을 따르기로 합니다. 그는 세 왕후를 불러 자신이 없는 동안 이곳을 평안하게 유지할 것을 명합니다. 그리고 묻지요. 자신이 돌아오는 날 각각 무엇을 대접해서 자기 마음을 즐겁게 할 거냐고요.

나정 호호, 왕도 재밌네요. 가실 거면 그냥 조용히 가시지 삼 년 후에 뭘 대접하겠느냐니요.

쌤 그 말에 정덕후는 과일나무를 잘 가꾸어 좋은 과일로 왕을 대접하겠다고 합니다. 숭경후는 바느질에 능하니 좋은 의복을 만들어 대접하겠다고 하고요. 자, 셋째 보만후는 뭐라고 할까요? 그녀가 말합니다. 자신은 이미 잉태했으니 왕이 안 계신 동안 순산하여 왕께 바치겠다고요. 이 셋 중 누구의 말에 왕은 가장 만족해했을까요?

붕이 당연히 셋째인 보만후겠지요.

쌤 그렇습니다. 왕은 크게 기뻐하며 보만후를 칭찬하고 처양산으로 향하지요. 이제 궁에 남은 건 세 왕후뿐이네요. 피 튀는 비극의 시작입니다. 정덕후와 숭경후는 시기심과 질투심이 가득합니다.

셋째 부인이 아들을 낳는다면 자신들은 찬밥 신세를 면할 수 없으니까요. 공동의 적이 있다면 서로 뭉치는 게 먼저겠지요?

"만일 보만후의 말 같을진대 우리는 다 쓸데없을 것이요, 보만후만 홀로 천총(임금의 총애)을 받을지라. 이를 어찌하면 좋을꼬?"

이젠 계교가 필요하겠지요. 그들은 시비 채란을 불러 현재 상황과 자신들 심정을 말하며 계책을 세우라고 합니다. 채란은 어떻게 대답할까요?

"실로 중대한 일이로소이다. 만일 일이 발각되는 날이면 소인의 집안은 구족九族을 멸하게 될지니, 어찌 경솔히 행하리이까."

동구 워낙 큰일이라 얘도 망설이네요. 자칫 자기 가족이 전부 죽을 수 있으니까요.

쌤 그렇습니다. 그러나 어쩔 수가 없어요. 채란 처지에선 거절한다 해도 이미 두 왕후의 사정을 들은 이상 목숨이 위험합니다. 결국, 승낙하고 계책을 내놓지요.

나정 어떤 계책이요?

쌤 채란은 출산을 돕는다는 명목으로 보만후에게 보내집니다. 이윽고 출산일이 되어 보만후는 옥동자를 낳고 너무나 기뻐 잠시 정신을 잃지요. 이젠 채란이 움직일 차례입니다. 그녀는 아기를 데려다가 두 왕후에게 건네고, 고양이 껍질을 벗긴 고깃덩어리를 가져와 보만후 무릎 사이에 놓습니다.

나정 꺅!!!

붕이 뜨악.

동구 헐.

쌤 정신이 든 보만후는 아기를 보려고 몸을 일으켰다가 핏덩이를 보고 놀라 기절합니다. 세상에 이런 변괴가 다 있을까요? 두 왕후는 보만후를 찾아와 너무 놀라지 말라며 다독거리고 위로하네요.

나정 야, 이 나쁜! 천벌을 받을 거야.

붕이 아이고, 깜짝이야.

동구 흥분하지 마. 괜찮아?

쌤 자, 이제 아기를 어떻게 처리할지가 문제네요. 그들은 궁 밖의 산 중턱에 가져다 버리기로 합니다. 그런데 웬일이죠? 밤새 들짐승의 먹이가 될 줄 알았는데 백학 한 마리가 날개로 아기를 덮고 있네요. 뭔가 신통한 능력이 있는 아기인가 봅니다. 다른 방법을 찾다가 좋은 생각이 떠오릅니다. 궁에는 암소가 한 마리 있었는데, 성질이 엄청 사납습니다. 밥 줄 때도 사람을 물어뜯고 공격하곤 했지요. 이 소의 먹이통에 여물과 함께 아기를 넣기로 합니다. 뼈도 남기지 않고 먹어버릴 거라면서요.

동구 와, 진짜 사악하다.

쌤 그들은 계획대로 합니다. 그런데 웬일입니까? 암소는 혀로 여물을 헤치고 아이를 통째로 삼키지요. 그러고는 희한하게도 아무것도 먹지 않고 가만히 앉아있습니다.

자, 어느덧 세월이 지나 왕이 돌아왔습니다. 그는 그간의 사정을 듣고 크게 노합니다. 볼까요?

"보만후가 전날 언약을 저버리고 그런 괴물을 낳았으니, 그 죽을죄를 용서하겠지만, 그저 잊지는 못하리라."

결국, 이 사실을 잊지 않겠다는 것이죠. 왕은 그녀를 궁중 후원의 방 한 칸에 가두고 매일 밀 한 섬씩을 갈도록 합니다. 참고로 조선 시대에는 한 섬이 약 180리터 정도였답니다.

나정 와, 근데 왕도 나쁘네. 위로는 못 해줄망정 자기 부인한테 괴물을 낳았다는 소리나 하다니.

쌤 한편 아기를 삼킨 암소는 배가 점점 부르더니 송아지를 낳았습니다. 그런데 특이해요. 송아지가 몸뚱이는 황금빛이고 눈도 노란 데다 몸 전체에서 향기로운 냄새가 나지요. 희한한 송아지는 즉시 소문이 납니다. 왕은 송아지를 데려오도록 명한 후 신기해하며 아껴주지요. 매일 약과에 별식까지 챙겨줍니다.

한편 보만후는 하루하루를 고통 속에 삽니다. 어느 날 밤 금송아지가 이곳을 찾아오네요. 무슨 일인가 의아해하는 그녀 앞에서 금송아지는 머리로 맷돌을 밀어 놀립니다. 순식간에 밀 한 섬을 모두 갈아놓지요. 보만후는 금송아지를 어루만지며 고마움을 표합니다. 이런 일이 매일 밤 계속되지요.

붕이 어린 송아지가 힘도 좋네요. 헤헤.

쌤 궁궐은 좁습니다. 이 소문은 금세 퍼지지요. 두 왕후는 기이한 일이라 여기고, 채란은 송아지를 그대로 두면 화근이 될 거라 생각합니다. 그래서 계책을 세우고 실행에 옮기기로 하지요.
자, 하루는 정덕후가 병이 들어 자리에서 일어나지 못한다고 하네요. 왕은 걱정되어 어의를 보냅니다. 그런데 진료해도 왜 그런지 짐작이 가질 않습니다. 어의는 집으로 돌아와 고민하지요. 그때 똑똑, 누군가 왔나 봅니다. 왕후의 시비인 채란이네요. 그녀는 왕후의 밀지(몰래 내린 명령을 적은 것)를 건네지요.

나의 병은 아무 약을 써도 효험이 없음이요, 오직 세상에 희귀한 금송아지 간을 먹어야 나을지니 경은 깊이 생각하고, 또 다른 일은 채란에게 묻되, 이런 말은 발설하지 마라.

자, 어의 입장에서는 난감할 뿐입니다. 그도 알아요. 두 왕후가 보만후를 시기해서 금송아지를 없애려는 걸요. 그 상황에서 밀지를 거절하고 진실을 밝히기는 어렵습니다. 곧바로 자기 목숨

이 위험에 처할 테니까요. 그렇다고 밀지대로 하는 것도 양심에

걸립니다. 이러지도 못하고 저러지도 못하는 상황이지요.

동구 정말 진퇴양난이네요.

쌤 그렇습니다. 그날 밤 어의는 고민하다 잠이 들지요. 그런데 그의 꿈속에 신령이 나타나 말합니다.

"송아지를 해하면 천벌이 있을 것이니, 금송아지는 서쪽 땅으로 놓아 보내고 다른 간을 대신해 약을 쓰고 조심하여 발설하지 마라. 장래에 너에게 복이 있으리라."

붕이   하늘이 돕네요. 나도 이건 안다. 천우신조.

쌤   하하, 그래요. 어의는 꿈대로 하기로 합니다. 왕에게는 왕후가 금송아지 간을 먹어야만 나을 수 있다고 하지요. 왕은 크게 안타까워하지만 왕후를 살리려고 어쩔 수 없이 허락합니다. 어의는 금송아지를 집에 데려와 서쪽 땅으로 피하라며 몰래 보내주지요. 그리고 왕후에게는 개의 간을 가져다 바칩니다. 그 사실을 모르는 왕후는 "어머, 이게 웬일이야. 금송아지 간을 먹었더니 금방 나았네!" 하면서 벌떡 일어나요.

붕이   크크크크.

쌤   마침 이웃 나라 우전국(타클라마칸 사막 남서쪽에 있던 고대 국가) 왕에게는 공주가 하나 있었습니다. 시집갈 나이가 되어서 사윗감을 얻어야 하는데 공주의 꿈에 신령이 나타나 말하지요. "거리에 짚으로 북을 만들고 사람이든 짐승이든 짚북을 쳐서 소리 내는 것이 하늘이 정한 네 배필이니 그대로 따르라."라고요. 공주는 괴이해 하며 아버지에게 꿈 이야기를 합니다. 아버지는 반신

반의하며 그대로 따르기로 하지요.

자, 거리는 인산인해입니다. 도전해보겠다는 사람들이 줄지어 몰려오지요. 그런데 지푸라기로 만든 북을 친다고 소리가 날까요? 모두 맹랑한 일이라며 헛웃음만 짓습니다.

그 상황에서 이곳을 지나던 금송아지가 나타나 껑충 뛰더니 머리로 짚북을 칩니다. 곧이어 웅장한 소리가 들리며 온 세상이 진동하네요. 약속은 약속이니 어쨌든 지켜야지요. 그러나 왕은 불만이 가득합니다. 세상에, 송아지 사위라니요. 그는 공주와 금송아지를 국경 밖으로 내쫓아버립니다.

붕이 에헤, 왕이 왜 이러시나. 약속을 지켜야지.

쌤 둘은 학림산으로 향해 그곳에 초막을 짓고 나물과 과일을 먹으며 세월을 보냅니다. 그러던 어느 날 하늘에서 신선이 내려와 말하지요. 하늘나라에서 옥황상제에게 얻은 죄를 이제 사할 때가 되었다고요. 그는 축생畜生의 허물을 벗고 다시 하늘로 올라갑니다. 금송아지가 이제 건장한 남자가 되지요. 그의 이름은 금독입니다.

자, 소설은 결말을 향해 나갑니다. 마침 이곳을 다스리던 인국 왕은 그들을 만나 그간의 사정을 듣지요. 그러고는 자신이 물러나며 금독을 새로운 왕으로 삼습니다.

왕이 된 금독은 부모를 찾아가 그동안 겪은 일을 이야기합니다. 파사국 왕은 자기 잘못을 깨닫지요. 그리고 두 왕후와 채란을 처형하라고 합니다. 다만 금독의 부탁으로 두 왕후는 겨우 목숨은 건지게 되지요. 또, 공주의 아버지인 우전국 왕에게도 사실을 이야기해 오해가 풀리고요.

이들은 삼남 일녀를 낳아 첫째는 파사국 왕, 둘째는 인국 왕, 셋째는 우전국 왕이 됩니다. 그러고는 한날한시에 세상을 떠나 극락세계로 가게 되지요.

나정 그래도 잘 풀리니 다행이네요.

붕이 신선이 내려와 소의 탈을 벗기는 게 인상적이네요.

쌤 그래요. 영웅이 탄생하려면 시련이 필요합니다. 이 작품에서는 금송아지가 되었다가 그 탈을 벗는 아주 독특한 방식으로 시련이 주어졌지요. 꽤 흥미로운 소설인 것 같습니다. 다음 시간에 만나지요.

동구 감사합니다.

쌤의 한마디

성장하는 데 시련은 늘 있게 마련입니다. 그것을 견디고 이겨내는 과정에서 영웅으로 거듭나느냐, 그대로 몰락하느냐가 결정되지요. 우리 삶도 마찬가지일 것입니다. 비록 금송아지 탈을 뒤집어쓰진 않더라도 어떠한 방식으로든 시련은 다가오지요. 그것에 어떻게 대처하느냐가 우리 미래를 바꿀 중요한 전환점이 될 겁니다.

〈금우태자전〉,
기다림은 너의 모든 것을 바꾸리라

〈금우태자전〉은 국문본이며 작자·연대 미상의 소설입니다. 〈금독전〉, 〈금우전〉, 〈오색우전〉, 〈금송아지전〉, 〈나한적강 금송아지전〉 등 다양한 이본이 존재하지요.

파사국 왕의 세 번째 왕후가 아들을 낳자 두 왕후는 시기, 질투합니다. 아이는 고양이 사체와 바뀌고 곧바로 버려지지요. 그러나 백학과 암소의 도움으로 금송아지로 태어나서, 갖은 고초를 겪다가 하늘의 도움으로 천생연분을 만납니다. 이후 다시 사람의 몸으로 돌아와 왕이 되어 천수를 누린 후 극락세계로 가지요.

흥미롭게도 이 작품 속 금송아지는 석가의 전신(前身, 전생의 몸)으로 전해집니다. 훗날 석가여래가 될 금우태자의 시련과 고난을 잘 보여주지요. 이 작품은 불교 사상을 기본으로 하면서도 유교적 덕목(부모에 대한 효, 부부간의 예절)에 도교적 요소(신령)까지 다양한 사상이 함께 드러난다고 볼 수 있습니다.

작품에서 금송아지가 어의의 도움으로 위기에서 탈출해 정처 없이 걸을 때입니다. 꿈에 관음보살이 나와 시련을 참으며 기다리라고 말하지요. 어쩌면 기다림이야말로 영웅으로 거듭나기 위한 통과의례가 아닐까요? 꿈속에서 이들이 대화하는 부분을 살펴보는 것으로 마무리하겠습니다.

금송아지 머리를 조아려 아뢰기를, "제자 전생의 죄로 인간 세상에 태어났으나 어찌 이 허물을 벗기지 아니하시나이까." 이에 관음보살이 이르기를, "아직 때가 되지 아니하였나니, 조금만 더 있으면 자연 허물을 벗으리라."

원녀

얘들아, 여자에게

원한 살 짓은

절대 하지 말려무나

이번엔 남자로 태어나서
네 영혼까지 탈탈 털어버리겠어

〈한조삼성기봉〉

동구 안녕하세요, 쌤. 오셨어요?

쌤 이야, 다들 일찍 와서 오늘 배울 내용을 미리 보나요? 대단히
   아름다운 광경이네요.

붕이 헤헤. 쌤, 근데 원녀가 무슨 뜻이에요?

쌤 원녀怨女는 사전에는 남편이 없어 슬퍼하는 여자로 나옵니다.
   그러나 여기서는 원한을 품은 여인으로 보면 될 듯해요.

붕이 아항.

쌤 바로 작품을 볼까요? 〈한조삼성기봉〉은 '한나라 때의 세 사람
   이 기이하게 만나다.'라는 뜻인데요, 중국 한나라 황제인 광무
   제에겐 조강지처 곽씨가 있었습니다. 그러나 황제는 다른 여인

을 예뻐하지요. 미모에 감탄하다 물고기조차 물에 빠지게 했다는 음여화를요. 결국 곽 황후는 폐출되고 음여화가 새로운 황후에 오릅니다. 게다가 곽씨의 아들도 변방으로 쫓겨나지요.

나정 헐, 조강지처였는데 버림받았네요. 나빴다.

쌤 그래요. 그녀의 마음은 어땠을까요? '다음 세상에라도 이 원한을 꼭 갚아주마.'라고 생각했겠지요.

붕이 흐미.

쌤 자, 그녀가 가장 꼴 보기 싫은 사람은 누구였을까요? 일단 광무제입니다. 이 어리석은 남편이 자신을 버렸으니까요. 또, 음여화도 있지요. 이 요망한 여자는 자기 자리를 차지한 정적입니다. 제목에 있는 삼성三姓은 이들 세 사람을 의미합니다.

동구 음, 그래서 어떻게 되나요?

쌤 곽 황후는 죽어서 옥황상제에게 갑니다. 그녀는 눈물을 흘리며 말하지요. 잠시 들어볼까요?

"(…) 그리고 마침내 남편이 천하를 도모하였으니 비록 천명이 있었다 하더라도 첩이 내조한 공도 적지 않을 것입니다. 이렇듯 어려움을 함께한 신첩을 후에 헌신짝처럼 버리니 신첩의 억울함과 원통함이 어찌 뼈에 사무치지 않겠습니까? 이번 윤회에서 신첩은 여자가 아니라 남자가 되고, 그는 여자가 되게 하여 복수할 수 있도록 해주시기 바랍니다."

나정 음, 복수할 수 있게 다음 세상에선 남자와 여자를 바꿔달라고 하네요.

붕이 여자가 한을 품으면 오뉴월에도 서리가 내린다더니….

쌤 그래요. 옥황상제는 고개를 끄덕이며 광무제와 음여화를 부릅니다. 그리고 곽씨가 원하는 대로 이들이 운명이 결정되지요. 먼저 곽 황후는 강왕으로 태어납니다. 여자의 몸에서 남자의 몸, 그것도 황제의 아들로 태어나지요. 그리고 광무제는 조수아로 태어납니다. 여긴 남자에서 여자로 바뀌어 태어난 셈이지요.

동구 이야, 재밌겠다.

쌤 음여화는 어떨까요? 그녀는 내세에 설여주라는 여자로 태어납니다. 그런데 경국지색을 뽐내던 그 아름다움은 흔적조차 없습니다. 어릴 때 마마를 심하게 앓아 몸 곳곳에 붉은 점이 난 귀신과 같았지요.

붕이 아, 어쩌면 여자에게 가장 중요한 미모를 빼앗아 추녀로 태어나게 한 거로 복수한 게 아닐까요?

나정 야, 여자에게 가장 중요한 게 미모라니? 얘가 참 몰상식한 말만 골라서 하네.

붕이 아, 그냥 말이 그렇다는 거지. 근데 왜 그렇게 발끈하니? 혹시 뭔가 찔림?

나정 에휴, 말을 말자, 말을 말아.

쌤 그 외에 곽 황후와 친했던 백희 공주는 위옥희라는 미녀로 태어납니다. 정리해보면 '곽 황후(여)→강왕(남), 광무제(남)→조수아(여), 음여화→설여주, 백희 공주→위옥희'네요. 이제부터 피를 말리는 복수가 시작됩니다. 광무제의 환생인 조수아는 무척 아름다웠는데요, 한번 볼까요?

그녀의 낭랑한 목소리는 옥 같고 아리따운 모습은 봄바람에 복사꽃과 오얏꽃이 웃는 듯하였다. 초록 저고리에 붉은 치마가 소담하면서도 아름다워 구슬발 뒤에 서있는 양귀비 같기도 하고, 시냇가 바위에서 빨래하는 서시 같기도 하였다. 실로 만고에 없는 미인이고 천고에 없는 숙녀였으니, 수천 명의 궁녀가 한번 보고는 자기 얼굴을 부끄러워하였다.

나정 어머, 어쩜.

붕이 이야, 수천 명의 궁녀가 자기 얼굴이 부끄러울 정도면 대체 미모가 어느 정도일까?

쌤 하하, 그러나 그녀에게도 고민이 있습니다. 바로 강왕이었죠. 그는 좋게 말하면 풍류를 즐겼고, 나쁘게 말하면 호색한입니다. 황제의 아들이 거리낄 게 뭐가 있나요? 그에 대한 설명은 이 한 줄로 끝납니다.

옥을 보면 그릇마다 채우려고 하고, 꽃을 보면 가지마다 꺾으려 하

150

였다.

나정 참내, 결국 바람둥이라는 거네요.

붕이 너 갑자기 어조가 확 바뀐다?

쌤 자, 그런 강왕 옆에는 위옥희도 있었습니다. 위옥희의 아름다움은 조수아를 능가했지요. 한번 볼까요?

여인의 눈썹은 가을날 반달 같고, 연꽃 같은 뺨은 일천 가지 붉은 복사꽃이 활짝 피어 봄기운을 띤 듯하였으며, 앵두 같은 입술은 도사가 붉은 단사를 찍은 듯하였다. 완연한 봄빛과 같은 자약한 모습이 천백 가지 아름다움을 갖추었으니 천지 정기를 홀로 거둔, 천추에 홀로 뛰어난 성녀이고 일대에 겨룰 자 없는 절대가인이었다.

붕이 묘사만을 놓고 보면 지존이네요, 외모의 지존.

나정 어휴, 지존 같은 소리 하네.

쌤 마침 나라에 태자비 간택(왕자의 아내를 고르는 것)이 있었는데요, 여기서 조수아가 정실로 선택됩니다. 원래는 위옥희가 선택됐는데 적에게 납치당하는 일이 벌어져 도저히 찾을 수 없었거든요. 그러나 나중에 위옥희가 돌아오고 강왕의 극진한 총애를 받자 조수아는 끊임없이 괴로워합니다. 위옥희에 대한 시기와 질투, 남편에 대한 원망, 사랑을 빼앗긴 자신의 처지에 분노가

폭발하지요.

동구 전생에 있었던 일이 그대로 벌어지는군요.

쌤 그렇습니다. 강왕은 그녀의 역정에 짜증이 나기 시작합니다. 한번 볼까요?

"그 잘난 위옥희의 꽃다운 성덕이 어느 정도이기에 전하께서는 가타 부타 말씀이 없이 도리어 웃기만 하십니까?"

"그대는 어찌 말만 하면 사람을 자극하는가?"

붕이 헐, 왕의 저 한마디가 무섭다.

쌤 그리고 음여화가 있지요? 설여주라는 추녀로 다시 태어났다고 했는데요, 못생겨서 집 밖으로 나오지 못하던 그녀에게 희한한 소문이 납니다. 부모가 절세미인인 딸을 일부러 내보내지 않는 다고요. 소문을 들은 강왕은 그녀를 후궁으로 들이고자 하지 요. "딸이 있으나 못생긴 추물이라 보통 남자의 짝이 되기에도 부족합니다."라는 설여주 아비의 말도 예의를 차린 핑계로밖에 안 들려요. 어명을 받은 그녀는 결국 궁에 오고, 드디어 길일이 되었습니다. 그런데 왠지 불안합니다. 면사포 사이로 언뜻 보 이는 그녀의 외모가 범상치 않거든요. 예식을 마치고 방에 들어 가 면사포를 걷는데 과연 어땠을까요?

거친 눈썹은 뾰쭉뾰쭉한 아미산과 같고, 얽은 두 뺨은 주먹을 붙인 듯하였다. 바싹 마른 입술 사이로 보이는 뻐드렁니는 차마 눈 뜨고 보기 어려웠다. 어릴 때부터 태산보다도 눈이 높았던 강왕은 신부를 보고는 불교의 악귀 아니면 지옥의 소머리 모양을 한 악귀를 만난 듯 몹시 놀랐다. 넋은 이미 식어버린 재가 되었다.

붕이 크크크크. 넋이 식어버린 재가 되어버렸대.

나정 아하하하, 왜 이렇게 웃기지.

쌤 그러나 혼인했기에 되돌릴 수는 없습니다. 어쩔 수 없이 그녀를 궁으로 들이지요. 생각해보니 좀 그렇습니다. 황송한 마음에 딸을 아예 없는 사람으로 여겨달라는 설씨 아버지의 말을 들으니 오히려 측은한 마음마저 드네요. 전생에 빼어난 미모로 황제의 총애를 받았던 여인이 이제는 연민과 동정의 대상으로 전락했지요. 재미있는 건 새로 들어온 후궁이 못생긴 걸 보고 오히려 안도하는 조수아의 속물적인 모습입니다.

나정 아, 웃긴 건지 슬픈 건지 모르겠어요. 전생에 자기가 황제였다는 걸 알기나 할까요?

쌤 이 소설에도 다양한 악당들 때문에 끊임없이 위기가 찾아옵니다. 그러나 위옥희는 지혜를 발휘해 강왕을 보필하지요. 어려운 상황에서도 그녀는 현명하게 처신하며 모두의 호감을 이끌어냅니다. 심지어는 조수아의 딸에게서까지 말이에요.

동구 보통 여자가 아니네요.

쌤 그렇습니다. 그러나 저런 완벽한 여인을 경쟁자로 둔 자존심 강한 조수아는 할 수 있는 게 두 가지밖에 없었지요. 어떻게든 상대를 밀어내고 자신이 그 자리를 차지하든지, 아니면 미쳐버리든지 말이에요. 조수아는 엄청난 질투를 퍼붓습니다. 그러나 강왕은 꿈쩍하지 않아요. 오히려 조수아를 면박 줄 뿐입니다. 그녀는 미쳐 실성하기 직전이지요.

붕이 흐미.

쌤 안녹산의 난이 일어나자 현종이 물러나고 강왕이 황제에 오릅니다. 그는 조수아 대신 위옥희를 황후로 책봉하지요. 태자 역시 위옥희의 아들이 되고요. 조수아에겐 날벼락과도 같은 일입니다. 대신 그녀는 귀인貴人에 봉해집니다. 옛정을 생각해서 황제가 내린 것이죠. 조수아가 과연 받아들일까요?

사신이 황제의 명을 전하여 귀인의 직첩(임명장)을 올렸다. 조수아가 버럭 화를 내고 귀인 직첩을 내동댕이치며 욕하였다.
"내가 비록 어리석으나 어렸을 때 혼인한 조강지처다. 옛말에 '조강지처는 폐하지 않는다.' 하였으니 죽을지언정 귀인 직첩은 원하지 않는다. 차라리 노비의 직첩을 내리면 달게 받겠다. 그대로 돌아가 임금님에게 아뢰라."

동구 허, 차라리 노비의 직첩을 내리라니. 단호하네요.

쌤 이 일을 듣고 강왕도 화가 납니다. '감히 황제의 명을?' 그는 다시 한 번 사신을 보내지요. 만약 이번에도 거절한다면 조수아의 목숨이 위태롭습니다. 어명은 지엄하니까요. 그녀는 어쩔 수 없이 받아들입니다. 사신이 돌아가자 그녀는 벽에 머리를 박고 자결하고자 하지요. 그러나 실패로 돌아가자 밤낮으로 울며 죽지 못함을 한탄할 뿐이었죠.

나정 아, 어쩜.

쌤 그녀는 궁을 떠나 자기 아들이 있는 곳으로 갑니다. 마치 유배지로 향하는 것 같았지요. 그곳에서 병들어 쉰셋의 나이로 생을 마감합니다.

나정 조수아가 너무 불쌍해요. 늘 경쟁자와 비교당하다가 결국은 내쳐지잖아요.

동구 그래도 전생에는 수많은 처첩을 거느렸잖아. 뿌린 대로 거두는 거지 뭐.

나정 넌 그러면 안 되는 거 알지?

동구 으응?

붕이 얼씨구, 잘들 논다, 잘들 놀아.

쌤 자, 마무리하지요. 원한을 품은 여인은 무섭습니다. 오죽했으면 옥황상제에게 역할을 바꾸어 태어나게 해달라고 했을까요? 그렇기에 여인의 원한을 사는 일은 어떻게든 피하는 게 좋을 듯

합니다. 오늘은 이것으로 마칩니다.

나정 감사합니다.

쌤의 한마디

"복수는 유쾌하다. 특히 여자에게 있어서는." 영국의 대문호인 바이런의
말입니다. 생각해보면 여자의 복수는 훨씬 강렬하고 집요해 보입니다.
"여자가 한을 품으면 오뉴월에도 서리가 내린다."라는 속담도 있지요.
"개에게 물린 상처는 개를 죽인다고 아물지 않는다."라는 관용의 말도
원한을 품은 여인에게는 들리지 않기 마련입니다.

〈한조삼성기봉〉,
상상을 통해 역사적 사실을 흥미진진한 이야기로
엮어내다

〈한조삼성기봉〉은 작자·연대 미상의 고전소설입니다. 당나라 때 위성에게는 세 명의 죽마고우가 있었는데요, 하루는 이들 모두 소상강에 놀러 갔다가 잠든 사이에 꿈을 꿉니다. 거기서 한 여인이 옥황상제에게 전세에 맺힌 원한을 풀고자 제 뜻을 아뢰는 모습을 보게 되지요. 그녀가 바로 곽 황후였습니다.

이 작품은 역사적 사실을 바탕으로 합니다. 광무제는 후한의 초대 황제로 스물여덟 살에 거병해 마흔세 살에 중국 전역을 평정합니다. 개국 후 공신을 제거하지 않았는데, 천하를 통일하는 데 자기 공이 워낙 높아 신하들을 제거할 필요가 없었다는 이야기가 전해지지요.

음여화는 당시의 절세미인인데요, 광무제가 평민이었을 때 "벼슬을 하려면 집금오(대궐을 호위하는 벼슬)를 할 것이요, 여자를 얻으려면 음여화는 되어야 한다."라는 말을 남겼을 정도지요. 그녀는 광무제의 총애를 한 몸에 받았습니다. 전쟁터까지 그녀와 동행할 정도였지요. 기록을 보면 광무제가 팽총을 정벌할 당시에 음여화도 같이 갔으며, 그 와중에 아들 장炷을 낳았다고 되어있답니다.

　곽 황후의 원래 이름은 성통으로, 젊은 시절에 광무제가 결혼한 여인입니다. 광무제가 즉위하며 그녀도 황후 자리에 올랐으나 사랑은 음여화에게 빼앗기고 설상가상으로 친정 집안도 광무제에 의해 몰살당하지요. 이 때문에 광무제에게 불손한 언행을 자주 하였고, 결국 건무 17년 황제의 조서를 통해 폐출된 비운의 여인입니다. 건무 28년 그녀는 별궁에서 홀로 쓸쓸하게 생을 마치지요. 그녀의 아들이었던 강彊의 황태자 자리도 음여화의 아들 장炷에게 넘어갑니다. 그는 훗날 명제로 즉위하지요.

　작가는 역사적 사실에 상상력을 가미하여 시공간을 초월한 흥미진진한 이야기로 엮어놓았습니다. 여러분도 곽 황후의 피맺힌 원한에 연민을 느끼고 공감하는지요?

아! 복수를 꿈꾼 두 여인이 절에서 만났구나

〈장한절효기〉

붕이 안녕하세요, 쌤.

쌤 잘 지냈나요. 다들 일찍 왔군요.

붕이 헤헤, 이제부터 좀 부지런히 움직이면서 살도 빼기로 했답니다.

나정 어머, 그래 놓고서는 아까부터 자꾸 쩝쩝거리며 뭘 먹던데?

붕이 야, 그건 다이어트 하느라 선식 먹는 거거든? 요즘 고기를 안 먹어.

나정 네가 스님이냐? 고기를 안 먹게. 크크.

붕이 헐, 얘가 아침부터 또 인신공격하네.

쌤 붕이와 나정이는 언제나 치열하네요. 오늘 우리가 함께할 작품은 〈장한절효기〉입니다. 제목에서 느껴지듯 정절과 효를 내세우지요. 그런데 꽤 흥미롭답니다. 복수하려는 두 여인이 함께 지내는, 이른바 적과의 동침이 볼만하지요.

나정 호호, 재미있겠네요.

쌤 자, 들어가 볼게요. 중국 송나라 말엽에 한림학사인 장필한이 있었습니다. 어느 날 그의 아내는 기이한 태몽을 꾸고 아들 장영을 낳습니다. 꿈이 아주 희한한데요, 한번 볼까요?

나는 한나라 여사태부 범방의 아들인데 지극히 원통하게 죽었기로 옥황상제가 불쌍히 여겨 하계에 내려왔으니 부인께 의지하여 아버지의 원수를 갚고자 하느니라.

동구 음, 아버지의 원수를 갚으려고 하늘의 인물이 내려왔다는 거군요.

쌤 그렇습니다. 태몽부터가 예사롭지 않지요. 장영은 별 탈 없이 쑥쑥 자랍니다. 어느덧 송나라가 망하고 원나라가 건국되는데요, 충신인 장필한은 두 임금을 섬길 수 없다면서 고향으로 내려옵니다. 이런 지조 있는 선비는 백성이 존경하기 마련이지요. 그리고 자기보다 인기 있는 사람을 시기하는 이는 어디든 있기 마련이고요.

붕이 헤헤.

쌤 남양 태수 오세신이 그런 자입니다. 그는 장필한이 모반할 마음이 있다며 거짓 소문을 내고 장필한을 투옥하지요. 그런데 더 큰 문제가 벌어집니다. 옥에 갇힌 남편을 만나러 온 부인 한씨를 보고 오세신은 흑심을 품어요. 저 아리따운 부인을 내 것으로 만들겠다고요.

나정 어머, 나쁜 놈.

쌤 그는 생각합니다. 님편이 살아 있는 여자보다는 과부가 된 여자를 취하기 더 쉬울 것이라고요. 그래서 이웃의 영릉 태수 진한에게 장필한을 죽여달라고 몰래 부탁하고, 그쪽으로 장필한을 이감(수감자를 다른 곳으로 옮김)하지요. 물론 여기에는 여인의 남편을 죽였다는 오명을 쓰지 않으려는 계산도 있었어요.

붕이 헐, 무고한 사람을 가둬놓고 그 아내를 얻으려고 죽이려 하다니 나쁜 놈이네요.

쌤 감옥에 갇힌 장필한은 자신에게 닥친 위험을 알아채지요. 그리고 더러운 꼴을 보기 전에 아예 자결합니다.

동구 허.

쌤 이제 오세신에게는 장애물이 사라진 셈입니다. 그는 유모를 통해 한씨에게 개가를 권유하지요. 그러나 한씨는 압니다. 죄 없는 남편이 바로 그 때문에 죽었다는 것을요. 그녀는 복수를 꿈꿉니다. 마음 깊숙한 곳에서는 억울하게 죽은 남편에 대한 사랑과 그를 죽음으로 내몬 원수에 대한 분노가 들끓었지요. 그녀는 그의 청혼을 받아들입니다.

나정 음, 뭔가 무시무시한 일이 일어날 것 같네요.

쌤 자, 이윽고 혼례일이 되었습니다. 저 멀리 한씨가 보이네요. 그
런데 이게 웬일입니까. 곱고 예쁜 혼례복이 아닌 어둡고 우울한
상복을 입고 왔습니다. 오세신은 무척이나 당황스러웠지요.
혼례식에 상복이라니요. 그러나 행여나 한씨가 노할까 봐 일단
아무 말도 하지 않습니다. 사건은 예식을 마친 후 발생합니다.
오세신은 한씨가 권하는 술을 마시고 발버둥 치다가 고통스럽
게 죽습니다. 술에 독을 탔기 때문이죠. 이거로는 그녀의 원한
이 풀리지 않습니다. 한씨는 죽은 오세신의 시체를 내당에 끌어
다가 사지(四肢, 두 팔과 두 다리)를 자르고 간을 꺼내 남편의 위패
앞에 놓고 제사를 지내지요.

나정 꺅!

붕이 덜덜덜….

동구 허, 복수를 위해 청혼을 받아들인 것이었군요.

쌤 자, 원수를 갚은 한씨는 아들 장영을 데리고 도망갑니다. 이곳
에는 처참하게 도륙된 오세신의 시체만 남겨졌을 뿐이지요. 이
걸 보고 가장 큰 충격을 받은 건 누구였을까요? 바로 오세신의
아내 진씨입니다.

동구 엥? 오세신한테 아내가 있었어요?

쌤 네, 오세신에게는 아내 진씨가 있었어요. 한씨는 두 번째 부인
으로 맞으려 했던 것이고요. 여기서 우리는 진씨라는 인물을
좀 더 살펴볼 필요가 있습니다.

원래 진씨는 남편이 한씨와 결혼하려는 것을 극구 반대했습니다. 어리석은 오세신과는 달리 그녀는 사리에 밝고 현명했지요. 그녀의 말을 들어볼까요?

"불가합니다. 무고한 사람을 죽이고 그 처를 빼앗으면 이는 불의不義입니다."

그러나 이미 한씨에게 마음을 빼앗긴 오세신에겐 아내의 충고가 들릴 리 없습니다. 오히려 그녀가 자식을 낳지 못하는 것을 들면서 괜히 시기, 질투하는 거 아니냐고 면박을 주지요.

나정 어휴, 썩을 놈이네. 꼴좋다.

붕이 흐미, 너의 분노가 여기까지 느껴진다.

쌤 자, 진씨의 눈앞에는 남편의 참혹한 시체만 있을 뿐입니다. 비록 나쁜 남편이었지만, 이런 꼴을 보니 눈물이 앞을 가리지요. 그녀는 남편의 원수에게 복수하겠다는 집념으로 불타오릅니다. 진씨는 천금을 내걸고 한씨를 추격하지요.

동구 아, 제목에 있는 복수를 꿈꾼 두 여인은 한씨와 진씨군요.

쌤 그렇습니다. 진씨는 말합니다. "나와 같은 일반 계집인 한씨는 지아비의 원수를 갚았건만 난들 어찌 남편의 원수를 갚지 못하리오." 그녀는 한씨를 찾아 길을 떠납니다. 그러나 아녀자의 몸으로 쉽지는 않습니다. 중간에 도적을 만나 재물과 노비를 빼앗기고 간신히 탈출하여 겨우 제인사라는 절에 이르지요. 그런 데 사실 이곳에는 한씨가 머물고 있었습니다. 한씨 모자母子 역 시 몰아치는 추격대를 피해 아들은 금악산에 있는 원 부인의 양 자가 되었고, 한씨는 제인사의 여승이 되었거든요.

붕이 헐, 이런 우연한 만남이….

쌤 복수로 맺어진 두 여인이 같은 공간에 머무르는 셈입니다. 그런 데 재미있는 일이 있지요. 한씨는 진씨의 정체를 이미 압니다. 이 여인이 남편의 죽음을 복수하고자 추격대를 보내고 자신을 직접 찾아다닌 것을요. 그런데 진씨는 한씨의 정체를 모릅니 다. 한씨가 여승이 되어 외모가 바뀐 데다 여기에 있을 거라곤 상상도 못 한 것이지요.

동구 '나는 널 알지. 그러나 넌 날 몰라.' 이거네요. 크크.

쌤 하하, 그런가요? 자, 한씨는 신분을 감추고 진씨에게 슬며시 물어봅니다. 흥미로운 장면인데요, 한번 볼까요?

"내가 그 여자의 일을 약간 아나니 (…) 한씨가 원수를 갚았으니 이 는 과연 절개가 굳은 여자의 일인데 어찌 시부지죄(남편을 죽인 죄)라 는 허물을 쓰리오?"

다시 말해 한씨가 죄가 없다고 슬쩍 이야기한 겁니다. 진씨의 속마음을 들여다보기 위해서지요. 여기에 진씨는 뭐라고 답할

까요?

"그렇지 아니하다. 혼례를 치렀으면 부부의 의를 맺은 건데, 부부가
된 후 약을 먹이고 그 사지를 절단했으니 어찌 시부지죄를 면하리오."

진씨는 남편을 죽인 여자를 용서할 수 없습니다. "한씨를 만나
면 어찌 용서하리오."라며 강한 보복 의지를 밝히지요. 이 말에
한씨는 가슴이 콩알만 해집니다.

붕이 으아, 대화 자체가 살 떨리네요.

쌤 네, 그러나 한씨 입장에선 진씨가 밉지만은 않습니다. 자신을 찾
아 복수하겠다지만 남편에 대한 정절만큼은 세상 어디에도 뒤지
지 않는 여자이니까요. 적이지만 존경스럽다고 해야 할까요?

동구 그렇군요. 진씨 입장도 충분히 생각해볼 만하네요.

쌤 이렇게 두 여인은 제인사에서 함께 생활하지요. 그러던 어느 날
사건이 벌어집니다. 한씨의 품에서 종이 한 장이 떨어져서 진씨
가 그걸 주워 읽어보는데요, 아, 그것은 남편 장필한을 위한 제
문祭文이었습니다. 진씨는 깨닫습니다. 저 여인이 바로 내가 복
수를 꿈꿔온 한씨였다고요.

붕이 허걱.

쌤 그녀는 한씨를 해치려 듭니다. 옥수봉으로 유인해 죽이려고 하
고, 술을 먹여 음해할 계획도 세우지요. 그러나 모두 실패로 돌

아갑니다. 이미 한씨는 적을 알기에 대비하고 있었던 것이죠.

동구 유비무환이네요.

쌤 네, 진씨는 한씨와 그 아들을 죽이려면 다른 누군가에게 도움을 받아야 한다고 생각합니다. 문득 남편의 친구였던 영릉 태수 진한이 떠오르네요. 기억하나요? 오세신이 장필한을 이감했던 일을. 그녀는 절을 떠나 그를 찾아갑니다.

나정 으음, 생각해보니 진한이라는 놈도 나쁜 놈이네요. 그 역시 죄 없는 사람을 죽이는 데 동조한 셈이니까요.

쌤 그렇습니다. 한편 장영은 무술과 병서를 익혀 아버지의 원수를 갚을 것을 다짐하지요. 그러던 어느 날 진한이 반란을 일으킵니다. 여러분도 기억날 겁니다. 장영은 원래 천상계 인물이었던 것, 그리고 부친의 원수를 갚고자 지상에 내려왔다는 태몽을요. 장영은 비범한 능력을 발휘해 진한을 사로잡습니다. 그리고 그를 두 쪽 내어 죽이지요.

붕이 켁.

쌤 그러나 복수는 꼬리에 꼬리를 뭅니다. 외국에 사신으로 갔다가 막 돌아온 진무라는 새로운 인물이 등장하는데요, 그는 진씨의 아버지입니다. 처참하게 도륙된 사위, 그리고 복수를 위해 고생하는 딸을 보며 진무는 아버지로서 가만히 있을 수만은 없지요. 그는 장영에게 도전합니다. 쉽지 않은 싸움이었어요. 신령의 도움을 받아 장영이 결국 승리하고 진무는 화병으로 죽고 말아요.

동구 피가 피를 부르네요, 정말.

쌤 네, 이제 남은 것은 진씨뿐입니다. 장영은 진씨를 해치려 하지요. 그런데 만류하는 이가 있었습니다. 바로 어머니인 한씨였지요. 그녀는 진씨의 처지를 이해합니다. 그녀가 겪은 고충도 충분히 헤아렸지요. 용서가 복수보다 낫다는 말을 한씨는 실천합니다. 그 후 장영과 한씨는 세상을 등지고 홀연히 사라집니다.

나정 아, 근데 쌤, 전 진씨한테 동정이 가요. 이 여자도 남편을 잘못 만났을 뿐이지 어찌 보면 피해자잖아요.

붕이 그나마 결말이 다행이네요. 원한과 보복이 계속 이어졌다면 끝이 없을 텐데, 용서로 마무리되니까요.

동구 갑자기 그 말이 떠오르네요. "가장 고상한 복수는 진정 용서하는 것이다." 토머스 풀러의 명언입니다.

나정 우왕, 역시 멋져, 멋져.

쌤 하하, 적절하네요. 정말 그 말을 가슴에 담고 살아야 하지 않을까요? "가장 고상한 복수는 진정 용서하는 것이다." 여러분 모두 기억하길 바랍니다.

동구 넵! 감사합니다.

크건 작건 우리는 다른 사람에게 상처를 받습니다. 그리고 복수를 꿈꾸지요. 그러나 복수는 또 다른 복수를 낳기도 합니다. 어떤 영화 주인공의 대사 한마디가 떠오릅니다. 복수할 거면 보복할 생각이 들지 않도록 확실하게(?) 끝내든지, 아니면 복수 자체를 하지 말라고요. 그러나 과연 복수가 능사일까요? 복수보다 현명한 방법은 없는지 생각해봐야 하지 않을까요?

작품 돋보기

⟨장한절효기⟩,
정당성 없는 복수는 무의미할 뿐이다

⟨장한절효기⟩는 작자·연대 미상의 고전소설입니다. 복수를 바탕으로 아내의 정절과 아들의 효를 그린 작품이지요.

이 작품은 두 여인을 주축으로 내용을 전개합니다. 바로 한씨와 진씨죠. 두 여인 모두 남편을 잃었으며, 원한을 품고 가해자에게 복수하기를 꿈꿉니다. 거기에 한씨의 아들 장영, 진씨의 아버지인 진무까지 주변 인물들도 일련의 복수극에 휘말리지요. 특히 남편을 죽인 오세신에게 복수하는 한씨의 모습과 제인사에서 만난 두 여인의 모습은 독자에게 긴장감을 자아냅니다.

이 작품에서 한 여인은 복수에 성공하고, 다른 한 여인은 복수에 실패합니다. 왜일까요? 그것은 바로 정당성과 관련 있습니다. 탐욕을 부린 오세신은 죄를 지었습니다. 한 여인을 취하고자 무고한 남자를 가두고 죽인 셈이니까요. 그렇기에 그를 죽인 한씨의 행위는 정당성이 있습니다. 그러나 진씨가 악행을 저지르다 죽은 남편을 위해 복수하는 것은 아무래도 정당성이 떨어집니다. 불의의 원인이 바로 자기 남편에게 있기 때문이지요. 그렇기에 진씨의 복수는 실패합니다. 이런 점들을 통해 복수는 정당성을 확보해야 한다는 것을 생각해볼 수 있습니다.

　작품의 제목인 정절과 효는 당시 사회를 지배하던 윤리적 가치였습니다. 남편을 위해 정절을 지키는 아내의 모습, 부모의 원수를 갚는 아들의 모습을 통해 작가는 이러한 가치의 중요성을 일깨워주고자 했던 게 아닐까요?

호호호,
화씨 집안은 내가 홀라당 말아먹으려 해

〈창선감의록〉

쌤 잘 지냈나요? 반갑습니다.

동구 안녕하세요, 쌤.

쌤 붕이는 뭔가 걱정이 있나요? 표정이 좋지 않네요.

붕이 아, 두 번 연속 원한이 가득한 여자만 보니까 여자가 왠지 무서
워 보여요. 내세에 가서 복수하질 않나…, 독주를 먹여
죽이질 않나….

나정 크크크. 웃긴다. 여자들 입장에선 네가 더 무섭거든?

쌤 자, 오늘 함께할 작품은 〈창선감의록〉입니다. '선을 드
러내고 의로 감화한다.'라는 뜻을 가진 이 소설에는 무려
쉰 명 넘는 인물이 등장하는데요, 쌤이 이 소설에서 가장 주목

172

하는 인물은 바로 조월향이란 여인입니다. 작품을 볼까요?

동구 넵.

쌤 중국 명나라 화욱에게는 두 아들이 있었습니다. 첫째 부인이 낳은 춘과 셋째 부인이 낳은 진이었지요. 맏아들 춘은 동생 진 보다 학식과 재주가 모자랐습니다. 아버지는 진을 보면 "우리 가문을 일으킬 사람은 이 아이다."라고 칭찬하지만, 춘에게는 "이제부터는 아우에게 배워서 우리 가문을 망치는 일이 없게 하라."라고 면박을 주었지요.

나정 아, 형 입장에서 기분이 무척 상하겠네요.

쌤 그래요. 아버지에게 인정받지 못하는 장남의 서러움은 이루 말할 수 없겠지요. 게다가 속 좁은 사람은 잘난 상대에게 열등감을 품기 마련이고요. 춘과 그의 어머니 심 부인은 진을 미워합니다. 특히 그가 두 아리따운 여인과 약혼하는 걸 보니 더욱 아니꼬울 수밖에요.

붕이 춘은 결혼을 안 했나요?

쌤 그에게도 임 소저라는 아내가 있었습니다. 그녀는 착하고 온순했지만, 춘은 그녀를 무시하며 하찮게 대할 뿐입니다.

나정 장남이란 놈이 저러니까 왠지 짜증 나네요.

쌤 그런데 화씨 가문에 검은 그림자가 드리웁니다. 아버지 화욱이 병으로 세상을 뜬 것이죠. 가부장 체제 속에서 가장의 책임은 절대적입니다. 안으로는 가문의 질서를 세우고, 밖으로는 집안의 이름을 떨쳐야 하니까요. 장남 춘에겐 그럴 능력이 없어 보입니다. 다행히 고모인 화 부인이 함께 살면서 집안일을 처리했지요. 그러나 곧 일이 벌어집니다. 화 부인이 외출한 틈을 타 심 부인이 진을 학대하지요. 뭐라고 하는지 볼까요?

"천한 자식은 들으라! 네가 아버지에게 참소하여 맏아들 자리를 차지하려 했느냐?"

그러면서 그녀는 채찍을 들고 난리를 부립니다. 여기에 춘까지 합세해 진을 혹독하게 때리지요. 그는 십여 대를 맞고 기절합니다.

붕이 헐, 아니 뭐 이런 어이없는 경우가 다 있나요?

동구 황당하네요, 정말. 내가 확 고소해버리고 싶네.

쌤 집에 돌아온 화 부인은 피멍 든 아이를 보고 경악합니다. 그러나 진은 오히려 계모 심 부인과 형 춘을 두둔하지요. 자신이 독감에 걸려 초췌해졌다고 말하면서요.

나정 아, 그래도 가족이라고 편을 들어주네요.

쌤 찬란한 역사를 지닌 가문이라도 안팎에서 도끼질을 해대면 그 기둥은 버틸 수 없지요. 이제는 밖에서 도끼를 휘둘러대기 시작합니다. 볼까요? 어느 날 춘이 산책하러 나갔다가 한 여인을 만납니다. 그녀의 이름은 조월향. 본디 사족이었지만, 집안이 몰락해 어렵게 생활하고 있었습니다. 그런 그녀에게 춘은 아주 좋은 먹잇감이었죠. 부와 명예를 쌓은 훌륭한 가문의 장남인데다 자기 뜻대로 휘두를 수 있는 멍청이였으니까요.

붕이 크크크.

쌤 춘은 그녀와 하룻밤을 보냅니다. 그러고는 그녀에게 홀딱 빠졌지요. 이미 결혼한 춘이었지만, 어떻게든 조씨를 집으로 들이고 싶어 합니다.

그 와중에 중요한 일이 벌어집니다. 고모인 화 부인이 그동안 가문의 중심 역할을 해왔는데요, 사정이 생겨 다른 곳으로 떠나게 됩니다. 이제 심 부인과 춘은 거리낄 게 없습니다. 얼마 전 과거에 급제한 진도, 그의 두 아내도 꼴 보기 싫지요.

동구 아, 뭔가 파란이 일어날 것 같네요.

쌤 그래요. 춘은 조씨를 첩으로 들입니다. 그녀가 들어온 후 집안 꼴은 어떻게 될까요?

춘은 갖고 있던 금은보화를 주어 그녀를 꾸미게 하니 조씨는 겉모습은 화려했으나 한갓 간교하게 웃고 꼬리 치며 탕자의 마음을 유혹하는 음란한 여자일 뿐이었다. 이날 밤 춘이 조씨와 동침하니 그들이 벌이는 더러운 행실과 음탕한 소리를 들은 시녀들은 놀라서 기막혀했고 부끄러워했다. 심 부인조차 부끄럽고 꺼려했다.

우리가 주목해야 할 것이 조씨의 현재 위치입니다. 그녀는 문벌가 집으로 들어오는 데 성공합니다. 그러나 지위는 아직 불안정합니다. 한갓 첩에 불과하니까요. 그녀는 이 집안의 부와 권력이 갖고 싶습니다. 몰락한 사족 출신이라는 그녀의 처지가 일종의 보상 심리로 작용했겠지요. 그녀는 차근차근 화씨 집안을 손에 넣기로 합니다. 먼저 무엇부터 해야 할까요? 나정이가 대답해볼래요?

나정 아, 쌤, 왜 저를 시키세요?

붕이 네가 조씨 같으니까 그런 거 아닐까?

나정 너 몇 대 맞을래?

쌤 하하, 별 뜻 없습니다. 나정이가 상상력이 풍부하니까 시킨 거예요.

나정 음, 조씨 입장에선 먼저 안정된 기반을 확보하는 게 중요하겠지요. 신분이 불안정한 상태로는 어떤 일도 할 수 없으니까요.

쌤 그러기 위해서는?

나정 음…, 제 입으로 말하긴 좀 그렇지만 춘의 정실인 임 소저부터 어떻게 해야 하지 않을까요?

쌤 정답입니다.

붕이 헐, 역시 넌 조씨와 다를 바 없어.

나정 야, 너 무슨 소리야. 난 문학적 상상력을 발휘한 것뿐이라고.

쌤 자, 조씨의 1차 타깃은 임 소저였습니다. 그녀가 사라져야 자기가 정실이 될 수 있으니까요. 조씨는 밤낮으로 임 소저를 참소

합니다. 그녀가 질투가 심한 데다 성격이 사악하다고요. 어리
석은 춘은 갸우뚱하지만 십벌지목(열 번 찍어 안 넘어가는 나무 없다
는 뜻)이란 말도 있듯이 결국 넘어가지요.

문제는 심 부인입니다. 심 부인이 성품은 악독해도 바보는 아
니거든요. 조씨가 춘을 통해 계속 참소하지만, 심 부인은 꿈쩍
도 안 합니다. 이젠 방법을 바꿔야지요. 그녀는 시비를 시켜 심
부인의 방 안에 끔찍한 물건을 묻습니다. 그리고 그걸 파내 임
소저가 한 짓이라고 하지요. 여기에 심 부인이 속아 며느리를
집 밖으로 쫓아냅니다. 임 소저가 자식을 낳지 못한 것도 그녀
에게 불리하게 작용했지요.

동구 허, 간사한 여자네요. 그런데 쌤, 끔찍한 물건을 묻었다고 하셨
는데 그게 뭔가요?

쌤 원문에는 "흉예지물을심씨방벽스이에만히뭇고"로 흉물이라고
쓰여있는데요, 아마 이건 독자의 상상이 필요한 부분 같습니
다. 어떤 것일지는 여러분에게 맡기지요.

동구 넵.

쌤 임 소저를 쫓아낸 춘은 조씨를 정실로 삼으려 합니다. 그러나 진
이 극구 반대하지요. 현명한 처를 내치고 천한 여인을 들이는 것
은 가문을 더럽히는 짓이라고요. 여기에 춘이 한마디 하네요.

"너는 처가 둘이나 있는데 나는 하나도 없어야겠느냐?"

나정 켁.

쌤 자, 드디어 조씨는 본처가 되었습니다. 그녀의 자만심이 하늘을 찌를 듯하지요. 조씨는 진의 두 아내가 가진 옥패(옥으로 된 패물)가 탐납니다. 그래서 그걸 달라고 요구해요. 자신이 맏며느리고 지위가 더 높다면서요.

붕이 하, 이 여자 참 별짓을 다 하네요.

쌤 조씨의 요구에 윤 부인은 순순히 옥패를 넘깁니다. 그러나 남 부인은 묵묵히 앉아 말이 없어요. 거절의 뜻을 비친 거죠. 조씨는 무시당한 기분이 팍 듭니다. 2차 타깃이 정해졌군요. 그녀는 조정을 움직여 남 부인을 첩으로 강등시키고, 독을 탄 죽을 보냅니다. 먹고 죽으라는 거지요. 남 부인은 구차하게 살 수 없다며 죽을 먹습니다.

나정 와, 사람들을 쫓아내고 죽이고…. 완전 사이코패스 아닌가요?

쌤 아직 끝이 아닙니다. 조씨는 외간 남자와 정을 통하는 사이였어요. 이들은 자객을 써서 심 부인을 해하려 합니다. 지금까진 도움을 받았지만, 이제는 걸리적거리니까요. 그러나 애꿎은 시비 한 명만 죽게 되지요. 이번엔 편지를 위조해 진이 심 부인을 죽이려 했다고 거짓을 퍼뜨립니다. 이 때문에 진은 유배를 가지요. 그러나 꼬리가 길면 밟히는 법이지요. 그녀의 은밀한 행동이 들통납니다. 춘과 심 부인도 이젠 조씨 그 간사한 여자가 모든 일을 꾸민 걸 알게 돼요. 자, 그녀에게 남은 건 하나뿐입니다. 도

178

망, 도망을 쳐야 해요.

붕이 크크크크. 아, 왜 이렇게 웃겨요.

쌤 그녀는 재물을 챙겨 달아납니다. 2년 넘게 여기저기를 도망 다니지요. 그러나 거기까지입니다. 결국, 그녀는 결박되어 경성으로 이송되지요. 사형당하기 전에 그녀는 심 부인을 향해 한마디 던집니다. 일종의 유언이에요.

"심 부인은 나를 책망할 자격이 없소이다. 부인의 아들이 예의를 알았으면 내 비록 음란하다 해도 어찌 담을 넘어왔겠으며, 부인이 어질고 밝아 참언(거짓으로 꾸며 남을 헐뜯는 말)을 듣지 않았다면 내 어찌 남씨를 모함했으리오. 애초에 부인이 남 부인이 숙녀라는 걸 알았다면 어찌 매로 다스려 외당에 가두었으며, 부인의 아들이 단정한 벗과 사귀어 안팎으로 엄한 풍모를 보였다면 내가 누구와 함께 달아날 수 있었으리오. 또 부인이 화진을 친아들처럼 사랑해주었다면 내가 해칠 마음을 품었던들 어찌 틈을 찾을 수 있었으리오. 예로부터 빈틈에 바람이 나고 썩은 고기에 벌레가 난다고 합니다. 부인의 집은 부인이 어지럽힌 것이지 어찌 나 혼자 그랬겠는지요."

동구 음….

붕이 아…, 뭐라 할 말이 없네요.

쌤 적어도 죽기 직전에 그녀는 바른말을 했습니다. 집안이 큰 위기를 겪은 건 그녀 때문만은 아니었지요. 어리석은 판단과 경솔한 행동을 계속했던 심 부인과 춘도 책임이 있을 겁니다. 조씨는 죽습니다. 신분 상승의 욕망, 열등감, 타인에 대한 증오심, 이 모든 것이 한 줌의 먼지로 사라지지요.

비 온 뒤에 땅이 굳는다고 하지요? 심 부인과 춘은 잘못을 뉘우칩니다. 독을 먹고 죽은 남 부인 역시 한 스님의 도움으로 살아나지요. 유배 갔던 진은 도사에게 병법을 배운 후 반란을 평정하여 높은 벼슬에 올라 가족을 하나로 모읍니다. 화씨 가문이 다시 번창하는 것으로 소설은 마무리되지요.

동구 제목이 〈창선감의록〉인 게 이해돼요. 화진처럼 선을 빛내고 의로 다른 이들을 감화해야 한다는 말이네요.

붕이 흠…, 그래도 하나 깨닫게 되네요. 여자를 잘 들여야 가문이 산다.

나정 크크크. 너나 잘하세요. 조씨도 그러잖아. 춘부터가 어리석었다고.

쌤 자, 이것으로 오늘 수업을 마칩니다. 다음 주제는 협객입니다. 기대해도 좋을 겁니다. 다음 시간에 만나지요.

동구 감사합니다.

결핍은 욕망을 낳습니다. 아버지를 잃고 병든 노모와 살던 조씨에게 없는 것은 무엇일까요? 바로 부와 명예였습니다. 원래 사족이었던 그녀는 가문의 몰락을 비극으로 느꼈을 겁니다. 이를 보상받고자 하는 마음도 강렬했을 테고요. 〈창선감의록〉 원문에는 이 부분이 크게 부각되지 않습니다. 그러나 조씨가 왜 그런 행동을 했는지 생각해봐야 하지 않을까요? 그것이 결국 인간을 알아가는 과정이니까요.

〈창선감의록〉, 인물 간의 갈등과 충돌, 그리고 화합의 대서사시를 그리다

〈창선감의록〉은 조성기가 쓴 연대 미상의 장편소설입니다. 화씨 집안의 위기와 극복이 작품의 큰 줄거리를 이루지요. 여기서 조월향을 비롯한 가문에 위협을 주는 인물들과 가문을 지키려는 화진이 끊임없이 대결합니다. 또, 어리석은 행동으로 갈등을 유발하는 내부의 적, 심 부인과 화춘 역시 흥미롭게 그려져 있지요.

소설의 주인공 화진은 계모와 이복형의 학대를 받으며 묵묵히 견딥니다. 작품 중간에 진은 심 부인을 죽이려 했다는 모함을 당하지요. 그러나 변명하지 않고 누명을 쓰는 쪽을 택합니다. 진실을 밝혀 가족이 화를 입는 걸 피하기 위해서였지요. 후반부에 그는 가문을 위협한 세력을 처단하는 동시에 가족을 포용하는 모습을 보입니다. 작가는 화진을 통해 충과 효, 그리고 선과 의의 중요성을 전하지요.

이 소설에 등장하는 인물은 무척 다채롭습니다. 쉰 명 넘는 인물이 각자 개성을 보이는데요, 예컨대 남 부인과 윤 부인은 조씨가 옥패를 요구했을 때 상반된 태도를 보입니다. 윤 부인은 어쩔 수 없이 건네주지만 남 부인은 굽히지 않지요. 작가는 다음과 같이 말합니다.

여러분도 공감하시는지요?

안타깝다! 남 부인의 꼿꼿하고 우뚝한 성품은 그 아버지의 풍모와 절개를 닮아서 말씨도 당당하구나. 조용하고 화해로운 윤 부인의 성품과 달라 더 큰 화를 입게 되겠구나.

에끼 이놈아!
네 형수를 고발하는 게 사람이 할 짓이냐?

〈다모전〉

붕이 쌤, 무협지 좋아하세요?

쌤 음…, 어릴 때 자주 읽었지요. 왜요?

붕이 아, 제가 무협지를 좋아하는데요, 오늘부터 새롭게 시작하는 주제가 협객이라 왠지 거기에 나오는 주인공들이 떠올라서요. 어려서 부모를 잃고 떠돌다가 스승을 만나 수십 년간 검술을 배우고 드디어 세상에 나와 복수하는….

쌤 하하, 그런가요? 협객은 호방하고 의협심 있는 사람을 뜻한답니다. 오늘은 그 첫 번째로 〈다모전〉을 살펴보지요. 다모茶母란 원래 조선 시대 관아에서 차 끓이기, 심부름 등 허드렛일을 맡아 하던 여자 종인데요, 이들은 아전이나 포졸의 업무를 보조

하는, 소위 여성 수사관의 역할도 때때로 수행했습니다. 오늘 주인공은 이 다모예요.

나정 우와, 제 꿈이 경찰인데 잘됐네요.

붕이 헉, 정말? 너 갑자기 달라 보인다.

쌤 그래요? 나정이는 더욱더 잘 들어야 한 것 같네요. 여기 나오는 다모가 아주 중요한 가르침을 주니까 말이에요.

자, 조선 시대엔 보통 집에서 술을 빚어 먹었는데요, 나라에 가뭄 등으로 기근이 들 경우에는 술 만드는 것을 금지했습니다. 만약 이를 어기면 유배를 보내거나 벌금을 내도록 했지요. 그런데 아전들이 적극적으로 단속하지 않자 국가에선 고발 제도를 운용합니다. 밀주 빚은 자를 고의로 숨겨줄 경우엔 크게 벌하는 한편, 위반자를 일러바치면 벌금의 10분의 2를 주었지요. 그러자 여기저기에서 고발이 속출합니다.

나정 요즘도 비슷한 거 있지 않나요? 파파라치 포상제 같은 거.

쌤 그렇게 볼 수 있지요. 1832년 임진년 어느 겨울입니다. 하루는 한성부의 아전과 포졸 들이 남산 아래 있는 허름한 집을 둘러쌌습니다. 이 집에서 술을 빚었다는 제보가 들어온 것이죠. 다만 함부로 집 안으로 들어가진 못합니다. 이 집은 양반 댁이니까요. 그래서 먼저 다모 김씨를 몰래 들여보내 집 안을 수색하도록 합니다. 밀주가 나오면 크게 소리치고, 그러면 자신들이 뛰어들어 가기로 하지요.

다모는 몸을 숨긴 채 살금살금 집 안으로 들어가 봅니다. 저기 깊숙한 곳에 술 항아리가 놓여있네요. 딱 봐도 빚은 지 얼마 안 된 막걸리입니다. 이제 증거물을 확보한 셈이지요. 그녀는 술 항아리를 들고나오다가 집주인 할미와 눈이 마주칩니다. 어떻게 될까요?

주인 할미가 두려움에 떨어 졸도해버렸다. 눈동자는 초점을 잃었고, 입 모퉁이에는 거품이 뿜어나고, 사지는 마비되고, 얼굴을 새파랗게 핏기가 없었다.

동구 허걱, 마치 범죄자가 경찰을 보고 놀라 기절한 셈이네요.

쌤 네, 할미가 쓰러졌으니 다모도 놀랐지요. 그녀는 할미를 끌어안고 더운물을 입속에 흘려 넣습니다. 잠시 후 할미가 깨어나자 다모는 꾸짖지요. 조정의 명이 엄한데 왜 양반의 신분으로 밀주를 빚었느냐고 말이에요. 그러자 할미가 말합니다.

"우리 집의 늙은 영감이 평소 고질병이 있더니, 술을 끊은 이래로 먹어도 삼키지를 못하여 병이 더욱 심하였소. (…) 어제는 쌀 몇 되를 빌어다가 영감의 병을 간호할 요량으로 부득이 어려움을 무릅쓰고 밀주를 빚어 죄를 범하였소."

나정 아, 저런 사정이…. 듣고 보니 딱하네요.

쌤 네, 다모도 나정이와 같은 심정이었을 겁니다. 어떻게 할까요? 그녀는 고민하지요. 그러고는 잠시 후 뭔가를 결심한 듯 행동으로 옮깁니다. 그녀는 술 항아리를 안아서 잿더미 속에 쏟아 버리고는 문밖으로 나와요. 밖에 대기하던 포졸들에는 이 집에서 술을 빚지 않았다고 합니다. 그러고는 굶주리던 할미가 불쌍했는지 급하게 콩죽 한 사발을 사와 할미에게 건네주지요. 다모는 할미에게 몇 가지를 묻습니다. 볼까요?

"누가 여기서 밀주 빚은 것을 아는지요?"

"쌀도 늙은 내가 찧었고, 누룩도 늙은 내가 담갔소. 아무도 아는 이가 없소."

"그렇다면 누구에게 판 적은 있소?"

"나는 늙은 영감의 병을 간호하려고 몇 사발의 술을 빚었을 뿐이오. 만약 남들에게 팔고 나면 얼마나 남는다고 우리 영감에게 줄 것이나 있겠소?"

"정말로 술을 판 적이 없다면, 다른 사람 중에 술을 맛본 자가 있지 않소?"

"어제 아침에 시동생이 성묘 가는 길에 들렀는데, 집이 가난해 밥을 대접할 수 없어서 할 수 없이 술 한 사발을 권했소. 이밖에는 아무도 마신 사람이 없소."

붕이 시동생! 그럼 이 집에서 밀주를 빚는다고 고발한 놈이 남편의 동생이란 건가요?

나정 와, 정말 나빴다. 병에 걸린 남편을 구하려고 술 빚은 거로 형수를 고발한 셈이네요.

쌤 그래요. 마침 관아로 돌아오는데 근처에 뒷짐 지고 뭔가를 애타게 기다리는 젊은 생원이 보입니다. 딱 봐도 밀고한 놈이지요. 다모는 그에게 다가가 뺨을 휘갈기며 꾸짖습니다.

"네가 양반이냐? 양반이라는 자가 형수가 밀주 빚은 것을 일러바치고도 상금을 받아먹으려 한단 말이냐?"

나정 아, 통쾌해!

붕이 너 엄청 흐뭇해 보인다.

쌤 주위에 있던 사람들이 이 광경을 보고 황당해합니다. 옆에 있던 포졸들은 화를 내며 다모를 붙잡아 가지요. 할미가 밀주 빚은 것을 알면서 몰래 숨겨주고, 오히려 신고한 사람을 욕했다면서요. 그녀는 주부(主簿, 조선 시대 종육품 관리) 앞에 끌려갔습니다. 주부는 그간의 사정을 듣게 되지요. 자, 여러분이 주부라면 다모를 어떻게 하겠습니까?

나정 아, 좀 애매하네요. 마음 같아서는 그냥 넘어가고 싶은데 그랬다가는 법체계가 흔들릴 수도 있잖아요.

동구 그래도 이 상황은 좀 예외니까 봐줘야 하지 않을까?

붕이 아! 좋은 수가 있어.

동구 뭔데?

붕이 다모는 풀어주고 시동생이란 놈을 투옥하는 거야. 사실은 밀주를 만든 게 이놈이라고 죄를 뒤집어씌우는 거지.

나정 에휴, 생각하는 게 너답다. 넌 나중에 경찰이나 법조인 같은 건 하지 마라. 내가 진지하게 충고할게.

쌤 자, 일종의 딜레마입니다. 법을 준수할 것인지, 인정을 베풀 것인지요. 여러분도 고민해볼 문제입니다. 주부는 어떻게 할까요? 그는 현명했습니다. 먼저 짐짓 노한 척하며 다모를 꾸짖고 곤장 스무 대를 치지요. 그러고는 관아 문을 닫고 조용히 다모를 불러 말합니다.

"네가 국법 어긴 자를 숨겨준 사실을 내가 용서하면 법 기강이 바로 서지 않을 것이므로 태형을 내린 것이다. 그러나 너는 의로운 사람이다. 내가 그것을 가상히 여겨 상을 주겠다."

그러면서 다모에게 돈 열 꿰미를 주지요. 다모는 어떻게 할까요? 돈을 받은 그녀는 곧바로 주인 할미를 찾아갑니다. 그리고 말하지요.

"내가 상관에게 거짓으로 고했으니 곤장을 맞은 것은 당연한 일이오. 그러나 할머니께서 밀주를 빚지 않았다면 상금을 어찌 탈 수 있었겠소? 그러므로 상금을 할머니께 돌려드리는 것이오. 내가 보건대, 할머니는 이처럼 대단히 가난하시니 이 돈을 가지고 반은 땔감을 사고 반은 쌀을 사면 족히 겨울을 나고 굶주림과 추위를 면할 수 있을 것이오. 다시는 밀주를 빚지 마시오."

그러고는 할미에게 돈을 건네주고 뒤도 돌아보지 않고 그대로 돌아오지요.

동구 와, 진짜 대단하네요. 맞은 것도 억울할 텐데 그건 생각도 안 하고 상금 받은 걸 가난한 할미한테 주다니.

나정 저는 다모가 정의롭게 행동한 게 와 닿아요. 특히 시동생이란 자의 뺨을 때릴 때 왜 이렇게 후련하던지.

쌤 나정이가 잘 이야기했어요. 다모는 신분상 천민입니다. 그런 그녀가 양반의 뺨을 때렸어요. 그것도 모든 사람이 지켜보는 대낮의 거리에서요.

이는 조선 사회에서 받아들여질 수 없는 일입니다. 이 행동에 엄중한 책임이 뒤따를 수도 있지요. 그러나 그녀는 불의를 참지 못하고 마음이 향하는 대로 움직였습니다. 만약 그대로 지나쳤다면 아무런 피해를 보지 않았을 수도 있지만, 다모는 그러지 않았어요. 여기에는 인륜을 져버린 부도덕한 인물에 대한

반감, 그리고 자신의 행동이 어떤 결과를 초래하더라도 그것을 책임지겠다는 용기가 바탕이 되었겠지요.

붕이 공감합니다, 쌤.

쌤 처음에 협객이란 호방하고 의협심이 있는 사람이라고 했지요? 그럼 그런 협객이 되려면 꼭 지녀야 할 마음은 뭘까요? 붕이가 대답해볼래요?

붕이 헤헤, 쌤, 아무리 제가 애제자라고 해도 너무 편애하시는 거 아니세요? 저를 콕 찍어서 질문하시네요.

나정 야, 그것보단 네가 답을 맞힐 가능성이 희박하니까 시키셨을 수도 있지.

붕이 흥. 쌤의 가르침을 잊었어? 문학에는 답이 없단다.

나정 허, 이제 보니 말솜씨만 늘었구먼.

쌤 둘이 아주 정답게 노는군요. 얼른 대답해봐요.

붕이 음, 아무래도 남을 가엽게 여기고 도우려는 마음 아니겠어요? 사실 밀주를 빚은 할미를 처벌할 수도 있을 텐데 다모는 사정을 듣고 딱하게 여겼잖아요. 어려운 사람을 돕고자 하는 마음이야말로 의로움을 발휘하기 위한 전제 조건이지요.

동구 와, 너 웬일이냐?

나정 올~!

붕이 킥킥, 종이 가져와 봐. 사인해줄게.

쌤 아주 훌륭합니다. 까불까불하던 붕이가 일취월장하는 모습이 보기 좋네요. 측은지심, 즉 가엽게 여기는 마음을 갖는 것이 협객이 되기 위한 첫걸음 아닐까요? 딱한 사정을 보고도 내 일이 아니라고 무관심하게 지나치는 우리를 반성하게 합니다. "언제 어디에나 관심을 가지고 도우며 살렴. 용기가 너를 이끌어줄 거야." 아마 다모가 우리에게 전하고 싶었던 말인지도 모르겠습니다. 이것으로 마칩니다.

동구 감사합니다.

쌤의 한마디 ★

"무관심 때문에 인간은 실제로 죽기 전에 죽어버린다." 노벨 평화상 수상자 엘리 위젤의 말입니다. 우리는 살면서 많은 어려운 이를 보지요. 그러나 말 그대로 보기만 할 뿐입니다. 나와는 관련 없을 거라 생각해서, 끼어들었다가 괜히 귀찮아질 것 같아서 그대로 지나칠 뿐입니다. 그런 태도는 벼랑 끝에 몰린 사람들을 더욱 벼랑 쪽으로 밀어 넣는 게 아닐까요?

〈다모전〉,
법과 인륜 사이에서 우리는 어떻게 해야 할까

〈다모전〉은 조선 후기 문신 송지양(1782~1860)이 쓴 『낭산문고』에 실려 있습니다. 포상금을 타려고 형수를 밀고하는 인물과 이러한 반인륜적 행위에 분노를 느끼며 어려운 사람을 돕는 다모의 활약이 잘 그려져 있지요.

이 작품에는 우리가 눈여겨봐야 할 도덕적 딜레마가 있습니다. 법의 엄격한 집행과 인륜 사이의 갈등이지요. 누구나 한 번쯤은 겪을 수도 있는 상황입니다. 그 속에서 우리는 어떤 판단을 해야 할까요?

빅토르 위고의 『레미제라블』에서 빵 하나를 훔친 장발장은 3년 형을 선고받습니다. 그것이 과연 법의 목적에 맞는 올바른 판결일까요? 글쎄요. 법을 집행할 때는 그 상황과 맥락을 읽어야 합니다. 모든 법은 사람을 위해 존재하니까요. 인정의 마음 대신 규율의 칼날만 들이대는 것이 과연 정의인지 우리는 신중하게 생각할 필요가 있습니다. 작가도 같은 생각이었는지 작품 끝 부분에 아래와 같은 글을 남겼지요.

외사씨는 말한다. (…) 다모가 주인 할미에게 은혜를 베푼 것은,

조그만 친분이라도 있었다거나 혹은 겨우 아는 사이라서 그런 것이 아니었다. 그런데도 처음에는 할미를 위하여 밀주 빚은 죄를 숨겨주어 태형을 받는 욕을 대신 받았고, 나중에는 또 할미의 궁핍함을 돕고자 천금을 초개와 같이 버린 것은 할미의 처지가 아주 딱했기 때문이었다. 처음 관직에 등용된 선비가 진실로 다모의 마음씨와 같이 마음을 쓰면 어느 사람인들 구제하지 못할까 어찌 근심하랴?

혹시 개처럼 벌어서
만덕처럼 쓴다는 말 아니?

〈만덕전〉

나정 안녕하세요, 쌤.

쌤   아, 그래요. 나정이 표정이 아주 밝아 보이네요.

나정 네, 좋은 일 하고 곧바로 오는 길이에요. 호호.

쌤   좋은 일이라니요?

나정 아, 친구들이랑 봉사 활동 다녀왔거든요. 요양원에 가서 청소도
      하고 빨래도 하고 할아버지, 할머니 말동무도 하다가 왔어요.

쌤   이야, 정말 좋은 일 했네요. 하고 나니까 기분이 어때요?

나정 사실은 봉사 활동이 생활기록부에 들어가는 거라 시간을 채워
      야 하거든요. 처음에는 그것 때문에 시작했는데, 그래도 하다
      보니까 나름대로 보람 있는 것 같아요. 저도 많이 배우고요.

쌤 그렇군요. 잘했습니다. 나정이한테 소중한 경험이 될 것 같네요.

붕이 나도 봉사 좀 하는데?

나정 아 놔, 깜짝이야.

쌤 붕이는 무슨 봉사를 하나요?

붕이 저는 유기견들을 돌보지요. 집 근처에 유기견 센터가 있거든요.

쌤 와, 놀랍네요.

붕이 제가 가면 개들이 얼마나 꼬리 치면서 좋아하는데요. 제가 밥도 주고 목욕도 시키고 주인을 찾도록 도와주지요. 그래서 저는 보신탕은 안 먹을 겁니다.

나정 허, 잘 나가다가 마지막에 뭔 소리래.

동구 안녕하세요, 쌤.

쌤 어서 와요. 마침 봉사 활동 이야기를 하고 있었는데, 동구는 봉사하는 거 있나요?

동구 봉사요? 음…, 저는 방학 때 보육원에 가서 아이들 동화책을 읽어줬어요. 급식 배식도 했고요.

쌤 다들 훌륭하네요. 봉사란 다른 말로 베풂이지요. 내가 가진 무언가를 다른 이에게 대가 없이 주는 겁니다. 그 무엇에는 시간이나 노력, 재능, 혹은 물질적인 게 있을 테고요. 이와 관련해서 오늘은 제주도에 사는 한 여인의 이야기를 다룬 〈만덕전〉을 살펴보지요.

동구 넵.

쌤 만덕의 성은 김 씨로 제주도 양민의 딸로 태어났지요. 어려서 부모를 잃고 의지할 곳이 없어서 기생집에 의탁해 살았습니다. 그녀가 성장하자 관청에서는 기적(妓籍, 기생 명부)에 그녀의 이름을 올렸어요. 그러나 그녀는 기생으로 살길 원치 않았습니다. 만덕은 스무 살이 되자 관청에 자기 사정을 눈물로 호소했고, 관청에서는 그녀를 가엾게 여겨 양민의 신분을 회복해주지요.

나정 어머, 그래도 다행이네요.

쌤 이 〈만덕전〉은 김만덕이라는 여성뿐 아니라 당시 시대와 사회를 알 수 있는 좋은 자료가 됩니다. 조선의 법전인『경국대전』에는 특별한 일이 없으면 쉰 살이 되어야 기생에서 면제된다고 쓰여있지요. 당시 평균 수명을 고려할 때 한번 기적에 오르면 일평생을 기생으로 살아야 한다는 의미였습니다.

여기서 특별한 일이란 바로 왕실 종친의 첩이 되어 아들을 낳은 자가 궁중 잔치에 동원되는 것, 임금의 지시로 대비정속(관청의 기생이 자기 대신에 다른 사람을 사서 넣고 자신은 자유롭게 되는 일)하는 것에 한했습니다.

동구 허, 결국 쉰 살 이전에 기생 신분을 벗어나려면 임금의 명이 필요했다는 거네요.

나정 어쩜, 지금까진 별생각이 없었는데 법전에 이렇게 쓰여있는 걸 보니까 새삼 신분제의 무서움이 느껴지네요.

쌤 그래요. 그러나 조선 후기로 오면서 권력을 가진 양반이나 지

방관이 기녀를 대비정속하여 첩으로 취하거나, 감사나 수령에게 청탁해 속량(贖良, 노비에서 양민으로 되는 것)하는 일이 종종 벌어졌답니다. 참고로 속량에는 두 가지 방법이 있었는데요, 하나는 앞에서처럼 자기를 대신할 나이가 비슷한 여성을 기적에 넣는 것이고, 다른 하나는 돈으로 변상하는 것이지요.

동구 그렇군요.

쌤 자, 만덕은 어렵게 양민의 지위를 되찾았습니다. 그러나 아직은 홀로 남은 여인의 몸이지요. 보통 이런 상황에서는 어떻게 했을까요?

나정 음…, 시집가지 않나요?

쌤 맞습니다. 조선 시대에 여자 혼자 살아가기는 쉽지 않았습니다. 대부분 여성은 가부장 중심의 질서로 편입해 시부모와 남편을 받들고 아이들을 양육하며 살았지요. 그러나 만덕은 달랐습니다. 그녀는 결혼하지 않지요. 대신 그녀가 가진 재능을 최대한 활용해 살기로 합니다. 그건 바로 장사였어요.

붕이 그럼 상인이 되었다는 말인가요?

쌤 네, 당시에는 이앙법 등 농업 기술의 발달, 수공업의 민영화 등으로 부를 축적한 사람이 많아졌습니다. 자연스레 상공업의 발전도 이루어졌지요.

만덕은 경제의 흐름을 읽는 안목이 있었습니다. 그녀는 제주도 포구에 객주를 차립니다. 객주는 요즘으로 치면 식당·숙소·

상점이 모인 복합몰이라고 보면 될 거예요. 그곳에서 제주도 특산물인 밀총, 미역, 전복, 우황, 진주 등을 한양으로 팔지요. 또, 기녀 시절의 경험을 바탕으로 양반층 부녀자가 주로 찾는 옷감, 장신구, 화장품 등을 매매하기도 하고요. 그리고 배들이 수송해온 물자를 행상에게 중개해주는 일도 했습니다. 그녀의 장사는 대성공을 거둡니다. 당시 기록들을 한번 볼까요?

만덕은 돈을 버는 재주를 가졌다. 특히 물가의 변동을 잘 알아 적절한 시기에 물품을 사고팔았다. 그녀는 수십 년 뒤 이름이 날 정도로 돈을 모았다.

채제공, 〈만덕전〉

재산을 다스리고 배를 만드는 일에 능통하여 (육지로부터) 쌀 등 양곡을 사들이고, 점포를 차려놓고 삿갓과 말총을 판매하였다. 재물을 축적함이 자못 풍요하였다.

이면승, 〈만덕전〉

붕이 와, 거상巨商이네요. 요즘으로 치면 최고경영자로 봐야 하나?

동구 엄청나게 자수성가했네요.

쌤 그래요. 대단했지요. 그러나 만약 만덕이 단순히 돈을 많이 벌기만 했다면 오늘 수업의 주제가 되지 않았을 겁니다. 어쩌면 이런 기록들도 남지 않았을 거고요.

그녀는 현명하게 돈 쓰는 법을 알았습니다. 당시에 여러 해에 걸쳐 제주도에 큰 흉년이 들었는데요, 농지가 많지 않은 섬이었기에 피해는 더욱 컸고 굶어 죽는 이가 속출했습니다. 이때 기록을 잠깐 볼까요?

제주의 삼읍은 재작년 겨울에 기록된 굶주린 인구가 6만 2,698구였는데, 작년 겨울에 기록된 굶주린 인구는 4만 7,735구였으니, 1년 사이에 1만 7,963구가 줄어들었습니다. 그렇다면 굶주렸거나 병든 것을 막론하고 이는 다 죽은 숫자입니다.

『정조실록』 1796년 1월 15일

붕이 헐, 그럼 대략 3분의 1 가까이가 굶어 죽었단 건가요? 최악의 상황이었네요.

쌤 그렇습니다. 설상가상으로 구휼미(재난을 당한 사람이나 빈민을 돕는 데 쓰는 쌀)를 실은 배들이 제주도를 향하다 침몰하는 일도 벌어집니다. 지금이야 제주도 가는 게 어렵지 않지만, 당시에는 남해 팔백 리 길을 가는 게 쉽지 않았거든요. 게다가 배가 도착한다 해도 굶주려 죽어가던 수많은 이를 살리기에는 식량이 턱없이 부족했지요.

동구 흠.

쌤 만덕은 그간 모았던 돈으로 육지로부터 쌀을 사와 제주도민에게 나눠줍니다. 『일성록』에는 그 양이 쌀 3백 석으로, 이희발의 〈만덕전〉에는 6백 석으로 나오지요. 어느 것이든 당시로써 엄청난 양입니다. 만덕이 마련한 쌀로 제주도 온 고을의 백성이 열흘 동안 연명할 수 있었지요. 모든 백성이 나와서 "우리를 살린 이는 만덕이다."라며 만덕의 은혜를 칭찬했다 하네요.

붕이 와, 요즘으로 치면 정말 통 큰 기부네요.

쌤 그래요. 그녀는 돈을 잘 벌 뿐만 아니라 잘 쓸 줄도 알았던 것이지요. 이후 만덕의 선행은 조정에까지 알려집니다. 정조는 이 사실을 듣고 크게 기뻐하며 그녀의 소원이 뭐든지 들어주도록 하지요. 자, 어명이 내려졌습니다. 나정이라면 어떤 소원을 말할래요?

나정 음…, 뭐라고 하지…. 아! 남편감, 임금님께 훌륭한 남편감 하나 소개해달라고 하면 안 될까요? 임금님이라면 좋은 후보를 많이 알고 계실 것 같은데. 호호.

붕이 크크크, 내가 임금이라면 이랬을 거다. "미안하다. 없던 거로 하자."

나정 야! 너 맞을래?

쌤 하하, 나정이답게 상상력이 넘치네요. 만덕은 말합니다.

"별다른 소원은 없습니다만, 서울에 한번 들어가 임금님 계신 곳을

바라보고, 이어 금강산에 들어가 일만이천 봉을 구경할 수 있다면 죽어도 여한이 없겠습니다."

동구 어라, 서울 가서 임금님 계신 곳을 바라보는 게 소원이었나요?

쌤 여기서 우리는 제주도의 슬픈 역사를 알아야 해요. 제주도에는 지나친 공물과 부역, 자연재해, 왜구의 침입에 따른 과도한 군역 등으로 그곳을 떠나려는 자가 많았습니다. 그 때문에 조정에선 조선 전기부터 1823년(순조 23년)까지 200년 가까이 출륙금지령을 내렸어요. 제주도민은 원칙적으로 제주도를 벗어날 수 없었습니다. 과거 응시자, 공물 운반 담당자, 기타 공적인 업무 수행자만 예외적으로 허용되었지요. 여자는 아예 바다를 건널 수가 없었고, 육지의 남성과 혼인하는 것조차 법으로 금지되었습니다.

동구 허, 그런 역사적 사실이 있는 줄은 저도 처음 알았네요.

쌤 그래요. 문학을 통해 당시 사회 모습도 엿볼 수 있지요. 임금은 만덕의 소원을 들어줍니다. 나라에서는 그녀가 한양으로 올라오는 길에 말을 제공하고 음식을 대접하지요. 만덕은 출륙금지령이 시행되던 200년 동안 합법적으로 육지를 밟은 최초의 제주 여성이었습니다.

붕이 그렇군요.

쌤 그녀는 1796년 가을에 한양에 도착합니다. 임금은 그녀를 의녀

반수(모든 의녀 가운데 최고 벼슬)에 임명하지요. 중전과 빈궁 역시 그녀의 의로움을 크게 칭찬합니다.

이듬해에 그녀는 금강산으로 갑니다. 그녀 나이 쉰여덟이었지요. 금강산 절경을 구경하고 뱃놀이도 즐기며 삶을 만끽합니다. 그녀가 다시 한양으로 돌아와 보니 이미 엄청난 유명 인사가 되었네요. 한양에 있는 모든 사람이 한 번이라도 그녀를 보길 원했지요.

동구 제주도에서 올라온 여성인 데다 큰 선행을 베풀었으니까 그랬나요?

쌤 그래요. 한 가지 재미있는 일이 있는데, 당시에는 그녀가 겹눈동자를 가졌다는 소문이 파다했어요.

붕이 겹눈동자가 뭐에요? 설마 눈 하나에 눈동자가 두 개?

쌤 맞아요. 중국을 태평 시대로 이끈 순임금이나 희대의 명장 초나라의 항우도 겹눈동자였다고 하지요. 이런 겹눈동자는 성인이나 영웅의 특징으로 여겨졌답니다. 조수삼이 지은 『추재기이』에도 이런 내용이 실려있지요.

붕이 와, 대단했겠네요.

쌤 자, 한양으로 돌아온 만덕은 이제 제주도로 돌아가려고 합니다. 당시 정승이었던 채제공은 그녀를 만나 하직 인사를 나누지요. 잠시 이들의 이야기를 들어볼까요?

"이제 살아생전에 다시 정승님의 얼굴을 뵐 수 없겠군요."

만덕은 눈물을 글썽거렸다. 나(채세공)는 말했다.

"옛날 진나라 시황제와 한나라 무제는 바다 밖에 삼신산三神山이 있
다고 여겼네. (…) 자네는 제주에서 성장하여 한라산에 올라 백록담
물을 마시고, 이번에 또 금강산을 두루 답사하였으니, 삼신산 중
두 곳을 직접 유람한 셈이네. 천하의 수많은 남자조차도 이렇게 한
자가 어디 있겠는가. 지금 작별하는 마당에 왜 마음 약한 아녀자와
같은 태도를 보이는가."

그러고는 이러한 일들을 기록하여 〈만덕전〉을 짓고는 웃으면
서 건네주지요. 채제공의 이야기는 이렇게 끝이 납니다.

붕이 마지막에는 다소곳한 여인의 모습이 보이네요.

쌤 그래요. 자, 지금까지 만덕이란 인물을 살펴보았습니다. 그녀
는 기생이란 신분에서 다시 양인으로 올라섰고, 각고의 노력으
로 엄청난 부를 일궜지요. 그리고 그것을 기근으로 굶주리던
백성을 위해 썼습니다. 이 공로를 인정받아 한양에 올라가 임
금을 뵙고 금강산을 유람할 수 있었고요. 남존여비의 인식이
팽배한 조선 사회에서 이는 대단한 일이라고 할 수 있답니다.
그녀는 항상 주체적이고 당당하게 살았습니다. 또, 현명한 판
단을 내릴 줄 알았고요. 그래서 많은 이는 그녀를 다음과 같이
평가했습니다.

촉 땅의 과부 청과도 비교할 만큼 의로운 일에 급히 나서고 베풀기를 좋아하였으니, 옛날의 소위 여협女俠과 같은 부류가 아니겠는가.

이희발, 〈만덕전〉

나정 와, 여협이라니 멋지네요. 근데 촉 땅의 과부 청은 누군가요?

쌤 진시황 때 파촉 지방에 살던 청이라는 과부였습니다. 그녀는 개가를 거부하고 그 지역의 주사(붉은 모래) 광산을 매입해 운영하며 큰 부자가 되지요. 여자 혼자 사업을 했기에 빼앗으려는 무뢰배가 많았지만, 오히려 그들에게 일을 주어 가족을 부양하고 자신을 따르게 했답니다. 이러한 사정이 널리 알려져 진시황의 부름을 받아 직접 만나고 벼슬까지 받지요.

나정 와, 대단한 여성이네요, 진시황을 알현할 정도라면.

쌤 하하, 나정이도 잘될 겁니다. 믿음을 갖고 열심히 해요. 자, 오늘은 〈만덕전〉을 살펴보았습니다. 다음 시간에 만나지요.

동구 감사합니다.

"네가 더 나이가 들면 손이 두 개라는 걸 발견하게 된다. 한 손은 너 자신을 돕는 손이고, 다른 한 손은 다른 사람을 돕는 손이다." 세계적인 영화배우이자 자선 활동으로 유명한 오드리 헵번의 말입니다. 모든 이가 부자가 되길 꿈꿉니다. 그래서 부자가 되기 위한 과정과 방법에만 집중하지요. 그러나 그 이상으로 중요한 것은 어떻게 돈을 쓰는지가 아닐까요? 만덕과 오드리 헵번 같은 여인들은 우리에게 가치 있게 돈 쓰는 방법을 보여줍니다. 바로 베풂이지요.

〈만덕전〉,
주체적인 제주 여성 만덕의 위대한 삶을 기록하다

이 작품은 김만덕(1739~1812)이라는 실존 인물을 바탕으로 합니다. 당시에 정승으로 있던 채제공이 한양으로 올라온 그녀에 대해 글을 썼지요. 그 외에도 정약용, 이면승, 이희발, 서준보 등 당대의 문인들이 그녀에 대한 기록을 남겼습니다.

만덕은 제주도 포구에서 객주를 운영하면서 유통업을 통해 막대한 부를 이루었고, 그 부를 계속되는 기근에 시달리던 제주도민을 살리는 데 쾌척했습니다. 독신으로 살면서 평생 모은 돈 대부분을 어려운 이들을 위해 쓴 것이지요. "개처럼 벌어서 만덕처럼 쓴다."라는 제주 속담이 있지요. 원래는 "개처럼 벌어서 정승처럼 쓴다(아무리 미천하고 험한 일로 돈을 벌더라도 그 돈을 쓸 때는 뜻깊고 보람되게 써야 한다는 의미)."라는 속담인데, 이를 만덕으로 살짝 바꾼 게 재치 있습니다.

베풂을 행한 그녀는 자신의 소원을 이룹니다. 제주 여성으로서 당당하게 한양 땅을 밟고 금강산을 유람하지요. 출륙금지령이 시행되던 당시에도 자신이 원했던 것은 꼭 이루고 마는 한 여인의 원대한 포부와 기개가 느껴집니다. "주체적으로 당당하게 살아라." 만덕이 현대 여인들에게 전하고 싶었던 말이 아닐까 합니다.

네가 정승이든 탁발승이든
난 별로 관심 없단다

〈최원정화풍남태설〉

쌤   음? 왜 교실 불을 꺼놓았지요?

나정   쌤, 저희가 쌤을 위해 작은 선물을 준비했어요.

쌤   뭔데요?

동구   오늘이 마지막 수업이잖아요. 그래서 저희끼리 돈 모아서 케이크를 사왔답니다.

쌤   하하, 정말 고맙네요.

붕이   쌤, 얼른 촛불 끄시고 소원을 비셔야죠.

쌤   아, 그런가요? 생일도 아닌데 왠지 쑥스럽네요. 음…, 소원이라면 여기 있는 모두가 건강한 것이고요, 작은 바람이 있다면 지금까지 함께 수업했던 경험을 통해 여러분 모두가 좀 더 성숙

해지는 것이에요. 확실히 고전문학 속 사랑이란 주제로 처음 만났을 때보다 다들 훌쩍 컸다는 느낌이 드네요.

붕이 제가 그때보다 체중이 더 늘긴 했지요. 헤헤.

나정 그래? 그럼 넌 케이크 먹지 마라. 다이어트해야지.

붕이 헐, 먹고 다시 빼면 되거든?

쌤 하하, 아무튼 여러분의 정성 고맙습니다. 자, 케이크는 좀 이따가 먹기로 하고 수업으로 들어가지요.

동구 넵.

쌤 오늘 살펴볼 작품은 〈최원정화풍남태설〉입니다. 좀 길지요? '최원정이 그림으로 남 정승을 풍자한 이야기'라는 의미인데요, 최원정은 조선 전기의 문인 최수성(1487~1521)입니다. 원정은 그의 호이지요.

그는 외모가 준수하고 어려서부터 총명했습니다. 글과 그림에도 아주 능했고요. 또, 천성이 어질고 부모에게 효도했지요. 세상 사람들은 그를 팔방미인이라 칭송했습니다.

붕이 완전 멀티플레이어네요. 못하는 게 없넹.

쌤 그러나 그에게도 시련이 옵니다. 공부는 잘하는데 막상 중요한 시험에서 좋은 성적을 못 받는 경우가 종종 있잖아요? 원정 역시 그랬답니다. 그는 과거에 계속 응시했지만, 합격하지 못했어요. 그러다가 남행(과거를 통하지 않고 음직으로 벼슬하는 일)으로 관직에 나가 세마(정구품 관직) 벼슬에 오릅니다.

동구 음, 정구품이면 낮은 벼슬이네요.

쌤 그래요. 게다가 벼슬에 오른 그의 앞길은 순탄치 않았습니다. 강직한 말을 거리낌 없이 하는 그는 남의 잘못을 그대로 넘기는 일이 없었지요. 높은 벼슬에 있는 사람들은 대쪽 같은 그를 달가워하지 않았고요. 상급자들에게 미움을 받던 원정은 출세하지 못합니다.

당시에 정승 남곤은 임금의 총애를 받으며 모든 권력을 쥐고 있었습니다. 그는 기묘사화를 일으켜 조광조 등을 숙청한 장본인이었지요. 모두 그에게 잘 보이려고 굽신거리는 상황이었는데요, 우리의 주인공은 예외였어요. 원정은 남 정승의 사람됨을 천하게 여기고 일절 상종하지 않지요.

붕이 허, 강직하네요.

쌤 네, 원정에게는 높은 벼슬을 하는 숙부가 있었습니다. 그는 문과에 장원급제해 형조 참판까지 지냈지요. 그러나 성품이 간사하고 파벌을 만들면서 힘 있는 자와 사귀길 좋아했어요. 조카 원정은 그런 숙부가 못마땅해 매번 바른말로 간언합니다.

"군자와 군자의 사귐은 두루 사귀지 패거리를 짓지 않으며, 소인과 소인의 사귐은 패거리를 짓지 두루 사귀지 못합니다. 지금 숙부께서는 군자가 두루 사귀는 것은 모르고 오로지 소인이 패거리 짓는 일을 숭상하십니다. 그리하여 숙부를 흘겨보는 이들이 많거늘, 어찌 부끄러워하지 않으십니까?"

나정 조카가 돌직구를 던지네요. 호호, 숙부가 뜨끔하겠다.

붕이 이건 돌직구라기보단 쇠직구 같은데? 크크.

쌤 하하, 낮은 벼슬에 있는 조카로부터 저런 소리를 들은 숙부가 기분 좋을 리 없겠지요? 숙부는 노여운 기색으로 떠나서 다시 는 원정의 집에 오지 않지요. 원정은 이런 숙부의 모습을 보며 시 한 편을 남깁니다.

해 저물어 푸른 산 아득도 한데
하늘은 차고 강물 절로 일렁이네.
외배여, 서둘러 정박해야 하리.
밤이면 풍랑이 거세질 테니.

동구 음, 뭔가 숨겨진 의미가 있는 시 같네요.

쌤 그래요. 숙부는 시 속에 담긴 의미가 궁금했지요. 근데 아무리 봐도 잘 모르겠어요. 그래서 시를 남 정승에게 가져가 물어봅니다. 시의 의미를 풀이해달라고요. 남 정승은 한참을 보더니 말합니다.

"이건 세상을 조롱하는 시로군. '해 저물어 푸른 산 아득도 한데'는 세상의 도리가 점점 나쁜 쪽으로 가고 있단 말이네. '하늘은 차고 강물 절로 일렁이네.'는 임금은 약하고 신하는 강하다는 뜻이야. '외배여, 서둘러 정박해야 하리.'는 이런 세상을 피해 은거해야 한다는 뜻이지. '밤이면 풍랑이 거세질 테니.'는 조정이 장차 더 어지러워지리라는 의미일세.

세상을 우습게 보고 조롱하는 뜻이 참으로 통렬하군. 자네의 가까운 친척이 아니었다면 의당 죽였겠지만, 자네 얼굴을 보아 이번만은 용서해주겠네. 이 사람의 시를 다시는 가져오지 말게."

붕이 허, 어지러운 조정의 모습을 풍자하는 건가요?

나정 그렇지. 근데 남 정승 무섭다. 가까운 친척이 아니었다면 죽이겠다고 하니까.

쌤 나는 새도 떨어뜨리는 권력을 지닌 이가 뭘 못 하겠나요? 그 역시 심기가 불편했지요. 조정이 어지럽다는 건 결국 정승인 자신을 비판하는 것이니까요. 그러나 원정을 벌할 마땅한 거리가 보이지 않습니다. 아무리 결점을 파헤쳐 봐도 티끌 하나 없었기 때문이지요.

붕이 우왕, 털어서 먼지 안 나는 사람이 있다니.

쌤 재미있게도 남 정승이 흠모하는 게 하나 있습니다. 바로 원정의 글과 그림이지요. 상대는 적이지만, 그 솜씨는 탐날 정도로 훌륭했던 겁니다. 그래도 다짜고짜 부탁하기엔 정승 체면이 있으니 원정의 숙부를 부릅니다.

"원정이 한 짓은 밉지만, 원정이 그린 그림의 풍격을 보면 자못 사랑
스러운 구석이 있거든. 자네가 나를 위해 8첩 병풍 그림을 얻어다 줄
수 있겠나. 병풍으로 만들어 쓰고 싶은데."
"뭐 어려울 게 있겠습니까? 그림 그릴 종이를 주시면 제가 직접 가서
그림을 받아오겠습니다."

남 정승은 최고급 종이를 건네주지요. 잘 좀 부탁한다면서요.

동구 어찌 보면 애증 관계네요. 자기를 비판하는 원정은 밉지만, 그
의 그림은 사랑스러우니까요.

쌤 하하, 그렇지요. 숙부는 원정을 찾아갑니다. 삼 년 만에 방문
한 것이지요. 원정은 기뻤지만, 한편으론 의아해하며 특별히
찾아온 이유가 있는지 묻습니다. 숙부는 솔직하게 대답하지
요. 남 정승이 네 솜씨를 흠모해서 병풍에 쓸 그림을 좀 얻어달
라고 간청했다고요. 그러면서 그림 그릴 종이를 내밉니다.

붕이 음, 그래도 숙부의 부탁인데 눈 딱 감고 한번 그려줘야 하나?

나정 꼿꼿한 선비라 안 해줄 거 같은데.

쌤 원정은 불쾌한 마음이 듭니다. 그래서 종이를 낚아채 땅에 던
지고 풀썩 자리에 눕지요.

"조카를 보러 온 게 아니라 남 정승의 심부름꾼으로 오신 거군요.
나는 이런 그림 못 그립니다."

붕이 "나는 이 그림 반대일세!" 크크크.

쌤 숙부도 화가 납니다. 조카라는 놈이 저러니까요. 숙부는 원정
을 혼도 내고, 달래보기도 하고, 예를 아는 자의 행실을 들어
집요하게 설득합니다. 원정은 알았다면서 그림을 그리기로 하
지요.

자, 먹물을 가득 머금은 붓을 들고 종이에 휘둘러댑니다. 장난
처럼 흩뿌린 모양이 마치 푸른 하늘에 별이 흩어지듯, 가을 산
에 낙엽이 지듯 오묘해집니다. 이번엔 먹을 쥐고 나무를 그리지
요. 앙상한 가지들과 연못가의 낙엽들이 살아납니다. 그 위에
'낙엽장추학(落葉欌秋壑, 낙엽이 가을 골짜기에 쌓여있다)'이라고 제
목을 붙입니다.

다른 종이에는 산을 그립니다. 화려한 산이 우뚝하고, 그 위로
는 한 조각 이지러진 달이 보이네요. 그림 위에는 '잔월조반산

(殘月照半山, 희미하게 져가는 달이 반산을 비추다)'이라는 제목을 붙입니다. 나머지 그림들도 그런 식이었지요.

나정 와, 제목이 정말 운치 있네요.

쌤 후후, 단순히 운치만 있을까요? 숙부는 그림을 조심스레 담아 남 정승에게 건넵니다. 그는 크게 기뻐하며 천하에 없는 기이한 보물을 얻었다 여겨 손님이 올 때마다 자랑했지요.

그런데 그 손님 중에 식견을 가진 이가 그림 속 제목의 의미를 꿰뚫어 봅니다. 그리고 그 손님은 남 정승에게 그림의 제목 안에는 대감을 나라를 망친 소인에 비유하는 은밀한 뜻이 담겨있다고 말해주지요.

동구 허, 어떻게요?

쌤 남송 때 가사도라는 인물은 귀비가 된 누이 덕에 승상에 올라 나라를 어지럽힙니다. 훗날 그는 유배된 후 살해당하지요. 문제는 그의 호가 추학(가을 골짜기)이었습니다. 즉, '낙엽장추학'은 남 정승이 바로 가사도와 같다는 비유이지요.

또, 북송 때의 문인 왕안석은 면역법, 보마법 등 새로운 법들을 시행하고자 노력했지만, 반대파의 견제와 반발에 시달립니다. 결국, 그는 승상 자리에서 파면당하고 낙향 후 쓸쓸하게 죽음을 맞이하지요. 그간 추진했던 새로운 법도 거의 모두 폐기되고요. 그의 호는 '반산'이었습니다. '잔월조반산' 역시 남 정승이 왕안석과 같이 될 거라는 의미겠지요. 이 세 명 모두 정승이라는 점도 똑같네요.

동구 아항, 그렇군요.

쌤 그 말을 듣고 대감은 크게 분노하며 마당에서 그림을 불살랐습
니다. 그는 원정에게 깊은 원한을 품었지만, 끝내 원정을 해치
지는 못했지요.

자, 사람은 나아갈 때와 물러날 때를 알아야 한다는 말이 있지
요? 원정은 압니다. 이제는 물러날 때라는 것을요.

지금은 간신이 중간에서 정권을 농락하고, 임금을 속이며, 감히 한
조각 요사스러운 기운으로 해와 달의 빛을 가린다. 그렇건만 대신
들은 그 위세를 두려워하여 입을 다문 채 아무 말이 없고, 뜻있는 선
비들은 그런 처사에 분을 품었으면서도 자취를 감추고 나오지 않는
다. (…)
부귀하되 몸이 위태로운 것보다는 빈천하되 마음 편한 것이 낫지 않
겠나. 머뭇거리며 분수에 넘치는 일을 바라다가 후회하기에 이르러
서는 안 된다는 옛날의 훌륭한 가르침이 있지 않은가. 지금은 바로
일찍 기미를 보아 물러나야 할 때니 떠나야겠다.

그러면서 그는 그날로 사직서를 올리고 가족과 함께 고향으로
돌아가 은둔하며 유유자적하게 살지요.

나정 와, 강자한테 크게 한 방 먹이고 유유히 떠나네요.

동구 벼슬이나 부귀공명에 연연하지 않고 물러나는 게 멋집니다.

쌤 그래요. 여러분도 언젠가는 사회에 나갈 겁니다. 그곳에서는 여러분 생각대로 잘 풀릴 수도 있지만, 분명히 수많은 어려움도 있을 거예요. 시험에 떨어질 수도 있고, 상급자로부터 미움을 받을 수도 있겠지요. 혹은 친구나 가족으로부터 원치 않는 대우를 받을 때도 있고요. 그 상황에서 우리는 어떻게 해야 할까요?

만약 원정이 비굴하게 자기를 굽히고 글과 그림 솜씨를 팔았다면 높은 벼슬까지 올라갈 수도 있었을 겁니다. 그러나 그는 그렇게 살지 않았어요. "아닌 건 아니다."라고 당당하게 말할 수 있는 자세를 지녔지요. 그랬기에 그는 고귀한 이름을 후세까지 남길 수 있었습니다.

여러분, 늘 당당하세요. 지금까지 그래왔듯이 앞으로도 말이에요. 이게 쌤이 이번 수업에서 하는 마지막 말이 될 것 같네요. 수고했습니다.

나정 감사합니다, 쌤.

붕이 쌤, 이제 얼른 케이크 드셔야죠!

동구 크크.

"떨쳐 일어나야 할 때 일어나지 않고, 젊음만 믿고 힘쓰지 아니하고, 나태하며 마음이 약해 인형처럼 비굴하면 그는 언제나 어둠 속에서 헤매리라." 『법구경』에 나오는 말입니다. 굴하지 않는 삶은 아름답지요. 어둠 속을 나와 밝은 빛을 찾아가려면 우리에게 가장 필요한 건 바로 용기일 겁니다.

〈최원정화풍남태설〉,
제역동이란 마을의 유래는?

이 작품은 작자·연대 미상의 한문 고전소설로 『고소설』에 수록되어 있습니다. 최수성은 조선 전기의 학자로서 성품이 강직하고 글과 그림에 능했지요. 특히 학문적, 정치적으로 최수성과 대립했던 남곤도 최수성의 그림을 흠모하여 "천금의 보물은 얻을 수 있지만, 8첩의 그림은 얻기 어렵다."라고 했습니다.

1519년(중종 14년) 기묘사화 때 친구들이 죽거나 귀양 가는 것을 보고 최수성은 벼슬에서 물러나 술, 여행, 그림, 음악으로 일생을 보냈습니다. 그는 "집에서는 부모님께 효도하고, 나가서는 어른을 공경할 것이며, 그런 일을 다 하고도 여력이 있거든 글공부를 해라."라며 마을 사람들을 가르쳤지요. 그러자 마을의 풍속이 크게 바뀌어 집마다 효자가 되고 사람마다 충신이 됐다고 하네요. 1521년 그는 신사무옥에 연루되어 생을 마감합니다.

경기도 평택시 신장동은 원래 제역동이었습니다. 제역除役이란 부역(노동)을 면제한다는 의미인데요, 신사무옥 때 모함을 받아 억울하게 죽은 최수성을 복권하고 영의정으로 추증(나라에 공로가 있는 벼슬아치가 죽은 뒤에 품계를 높여주던 일)하면서, 그 무덤 주변 십 리 안의

224

주민에게 묘역의 정화에 힘쓰라는 뜻에서 나라에서 부역을 면제해 주었지요. 거기서 마을 이름이 유래됐답니다.

간신이 득세하던 어지러운 상황 속에서 그는 꿋꿋하게 살았습니다. 그랬기에 수백 년이 지난 지금도 우리 곁에서 살아 숨 쉬지 않을까요?

참고문헌

강예림, 「야담 〈다모전〉의 교육적 의의」, 고려대학교 교육대학원 국어교육과 석사
학위논문, 2013. 8.

곽성민, 「내기담의 구조적 특성과 의미 연구」, 부산대학교 대학원 국어국문학과 석
사학위논문, 2011. 8.

구송이, 「〈이홍전〉 연구」, 이화여자대학교 대학원 국어국문학과 석사학위논문,
2010. 2.

구인환, 『금우태자전』, 신원문화사, 2005.

김보라, 「여항인물전을 활용한 전기문학 교육 방안」, 성신여자대학교 국어교육과
석사학위논문, 2005. 8.

김종식, 「〈덴동어미화전가〉 연구 : 주제의 양면성을 중심으로」, 경남대학교 교육대
학원 국어교육과 석사학위논문, 1994. 2.

문석호, 「〈덴동어미화전가〉의 서사적 특성과 현실인식 연구」, 제주대학교 교육대학
원 국어교육과 석사학위논문, 2007. 8.

박희병·정길수 편역, 『기인과 협객』, 돌베개, 2010.

반재유, 「〈창선감의록〉의 갈등 구조 연구 : 여성 인물을 중심으로」, 연세대학교 대
학원 국어국문학과 석사학위논문, 2006. 8.

선해경, 「〈창선감의록〉 연구 : 작가 의식과 사상을 중심으로」, 대진대학교 교육대학
원 교육학과 국어교육과 석사학위논문, 2010. 2.

성현혜, 「〈만덕전〉의 구조와 의미」, 부산대학교 대학원 국어국문학과 석사학위논
문, 2013. 8.

윤태식, 「〈조신선전〉군의 인물 형상화 방식과 작가의식」, 『국어문학』 제48집

281~300쪽, 국어문학회, 2010.

이경희, 「〈적성의전〉에 나타난 형제 갈등의 심층적 의미」, 영남대학교 대학원 국어국문 고전문학과 석사학위논문, 2013. 8.

이순우, 「〈장한절효기〉 연구」, 이화여자대학교 대학원 국어국문학과 석사학위논문, 1989. 2.

임치균, 「〈유효공선행록〉 연구」, 관악어문연구 14 209~229쪽, 서울대학교, 1989.

임치균 · 이래호 옮김, 『영이록』, 한국학중앙연구원출판부, 2010.

임치균 · 임정지 옮김, 『한조삼성기봉』, 한국학중앙연구원출판부, 2013.

정수정, 「〈적성의전〉의 심리학적 연구」, 인제대학교 국어국문학과 석사학위논문, 2006. 8.

진재교 편역, 『알아주지 않은 삶』, 태학사, 2005.

진재교, 『조선 후기 인물전』, 현암사, 2005.

조광국, 「〈유효공선행록〉에 구현된 벌열가문의 자기갱신」, 『한중인문학연구』 제16집 145~170쪽, 한중인문학회, 2005

시리즈 수록 작품 목록(수록순)

사랑편
〈하생기우전〉, 『기재기이』, 신광한
〈삼선기〉, 작자 미상
〈정진사전〉, 작자 미상
〈사씨남정기〉, 김만중
〈숙영낭자전〉, 작자 미상
〈소설인규옥소선〉, 『천예록』, 임방 각색
〈홍계월전〉, 작자 미상
〈옥단춘전〉, 작자 미상
〈소대성전〉, 작자 미상
〈왕경룡전〉, 작자 미상
〈주생전〉, 권필
〈심생전〉, 『담정총서』(김려 편집), 이옥
〈방한림전〉, 작자 미상
〈조신전〉, 『삼국유사』, 일연
〈영영전〉, 작자 미상

인물편
〈각저소년전〉, 『소재집』, 변종운
〈육서조생전〉, 『추재기이』, 조수삼
〈최칠칠전〉, 『귀은당집』, 남공철
〈적성의전〉, 작자 미상
〈유효공선행록〉, 작자 미상
〈이홍전〉, 『담정총서』(김려 편집), 이옥
〈덴동어미화전가〉, 작자 미상
〈영이록〉, 작자 미상
〈금우태자전〉, 작자 미상
〈한조삼성기봉〉, 작자 미상

〈장한절효기〉, 작자 미상
〈창선감의록〉, 조성기
〈다모전〉, 『낭산문고』, 송지양
〈만덕전〉, 『번암집』, 채제공
〈최원정화풍남태설〉, 『고소설』, 작자 미상

감정편
〈통곡할 만한 자리〉, 『연암집』, 박지원
〈예성강곡〉, 작자 미상
〈강도몽유록〉, 작자 미상
〈적벽가〉, 작자 미상
〈노처녀가〉, 『가사집』, 신명균 편집
〈만언사〉, 안조환
〈숙녀지기〉, 작자 미상
〈최척전〉, 조위한
〈옥낭자전〉, 작자 미상
〈남윤전〉, 작자 미상
〈숙창궁입궐일기〉, 작자 미상
〈연당전〉, 작자 미상
〈서동지전〉, 작자 미상
〈황새결송〉, 『삼설기』, 작자 미상

• 이 책에 인용한 고전문학 문구는 참고문헌에
  나온 책과 논문을 참고했거나 저자가 직접
  한글로 풀어쓴 것임을 밝힙니다.

228